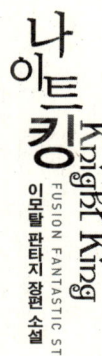

나
이트
킹
Knight King

FUSION FANTASTIC STORY

이모탈 판타지 장편 소설

나이트 킹 2

이모탈 판타지 장편 소설

초판 1쇄 찍은 날 § 2013년 2월 18일
초판 1쇄 펴낸 날 § 2013년 2월 25일

지은이 § 이모탈
펴낸이 § 서경석

편집부장 § 권태완
편집책임 § 박우진
디자인 § 이혜정

펴낸곳 § 도서출판 청어람
등록번호 § 제1081-1-89호
등록일자 § 1999. 5. 31
어람번호 § 제1-1548호

주소 § 경기도 부천시 원미구 심곡2동 163-2 서경B/D 3F (우) 420-822
전화 § 032-656-4452팩스 § 032-656-4453
http://www.chungeoram.com
E-mail § chungeorambook@daum.net

ISBN 978-89-251-3184-9 04810
ISBN 978-89-251-3182-5 (세트)

2
[제국의 만월]
나이트 킹
Knight King
이모탈 판타지 장편 소설
FUSION FANTASTIC STORY
도서출판
청어람

CONTENTS

CHAPTER
01

여기는 동부전선!

Knight King

"전군 돌겨억! 돌격하라!"
"우와아아아~"
"충돌 대비해! 충돌!"
"선회한다! 선회! 선회!"
"죽어! 죽으란 말이닷!"
"꾸아아악!"
"버텨라! 곧 원군이 온다! 버텨랏!"
"후, 후방에 적입니다!"
"이, 이런!"

기사의 플레이트 메일을 입고 있는 자. 이미 수없이 적을 베어서인지 그의 플레이트 메일과 얼굴, 그리고 검에는 핏물이 진득하게 묻어 있었다. 시리도록 파란 눈동자와 하늘거리는 금빛의 머리카락이 너무도 잘 어울렸다.

"원군은? 분명 원군을 보내준다 하였다!"

"그, 그것이……."

"서, 설마?"

"……."

기사에게 보고를 하던 부관이 고개를 푹 숙였다. 차마 말을 할 수 없었기 때문이다. 그에 상황이 어찌 돌아가는지 짐작한 기사는 분노한 얼굴로 눈가가 떨렸다.

"기사를 모아라!"

"명!"

씹어뱉듯이 내뱉은 그의 음성은 비분으로 가득 차 있었다. 도저히 있을 수 없는 일이기 때문이다. 같은 군 소속이거늘, 단지 전과를 올리는 것이 보기 싫어 원군을 보내지 않는 귀족에 대한 비분이다.

"기사들은 들어라! 죽을지도 모른다! 아니, 필히 죽을 것이다! 하지만 나는 내 병사를 그대로 둘 수 없다! 내가 죽고자 하면 병사들이 살 것이다! 가겠는가?"

"추우웅!"

"죽겠는가?"

"추우웅!"

"좋다! 기사들은 렌스를 들어라! 돌격!"

사방에서 울리는 말 울음 소리와 함께 여기저기 비명이 가득 차올랐다. 팔이 잘리고 복부가 꿰뚫렸고, 다리가 잘리고 뼈가 드러났다. 이미 전장은 피로 질펙해졌다.

"기사 거창! 기사 돌격!"

"돌겨억!"

두두두두두!

살아남은 기사들이 렌스를 들고 꼬치를 꿰듯 하여 전장의 한가운데로 진군했다. 그에 병사들과 드잡이하던 적들은 그들에게 신경 쓰게 되었고, 자연 병사들은 그 틈을 타 후퇴하기 시작했다.

렌스의 끝이 뭉툭해졌다. 치고받느라 그 단단한 렌스가 이리저리 찌그러져 망가지고 말았다. 렌스를 버리고 마상 장검을 꺼내 들었다. 말고삐를 잡고 좌우를 가리지 않고 베어 넘겼다.

한 손으로는 모자랐다. 말고삐를 놓고 한 손에 도끼를 들었다. 닥치는 대로 베고 찍어 내렸다. 피가 튀었다. 뇌수가 튀어 눈으로 들어갔다. 허리가 뜨끔해서 보니 어느샌가 창이 훑고 지나갔다.

쩌억 벌어진 상처에서는 피가 뭉클뭉클 쏟아져 내렸다. 손이 미끄러웠다. 사슴 가죽으로 둘둘 말기까지 한 검병이 미끄러웠다. 눈이 흐려졌다. 등이 따끔함을 느꼈을 때는 말과 함께 그대로 고꾸라지고 있었다.

자신의 일생이, 나고 자라며, 웃고 울고, 슬퍼하고 분노하고 기뻐했던 모든 순간이 한꺼번에 눈앞을 스쳐 지나갔다. 마지막에는 춥지만 온 산을 불태울 듯 타오르는 단풍을 보여주는 북부의 하이데른 산이 눈앞에 보였다.

가장 먼저 전장에 뛰어들고 가장 먼저 적의 피를 뒤집어썼던 기사가 숨을 헐떡이며 전장을 둘러보았다. 조금씩 지쳐 가고 있었다. 마나가 바닥을 보인 지 이미 오래다.

적의 시선을 잡아둔 지 벌써 두어 시간여가 지났다. 다가오는 적을 마상 장검으로 베어 넘기며 흘깃 후방을 바라보았다. 대부분의 병사가 안전하게 후방으로 빠져나갔다.

순간 슬쩍 웃음이 배어 나왔다.

'이거면 되었다. 이거면 된 거지, 뭐. 남자가 태어나서 날 위해주는 사람들을 위해 목숨을 버렸으니 이거면 된 거지, 뭐. 뭘 더 바라겠어.'

이미 죽음을 직감하고 있었다. 마나가 떨어지고 오직 육체로만 싸웠다. 하지만 그 단단하고 힘이 넘쳤던 육체도 이제는 점점 그 힘을 잃어갔다. 검을 든 팔이 무거웠고, 검끝이 어지러워졌다.

슬쩍 눈이 감겼다. 그리고 다시 떴다. 그런데 이상한 것이 목격되었다. 적의 후방이 썰물처럼 갈라지고 있다. 비단 후방만이 아니었다. 후방의 좌우가 마치 누가 길을 내는 것처럼 갈라지고 있었다.

적의 후방이라면 적의 지휘관이 있는 곳이다. 그러하기에 이 난리 중에도 적지 않은 병력이 적의 후방에 있었다. 그런데 그 후방이 마치 풀을 베어내듯 쓰러져 가고 있다.

피식 웃음이 나왔다. 그럴 리 없잖은가? 전공이 탐이 나 지원군조차 보내지 않는 귀족들이다. 압도적으로 이기는 전장만 전전하고 있는 간신배 같은 귀족이 적의 후방을 급습할 리가 없잖은가?

눈을 다시 감았다 떴다. 한데 그 있을 리 없다던, 꿈이라고 생각하던 현상은 여전히 반복되고 있었다. 순간 '어? 뭐지?' 하는 생각이 들었다. 이미 그의 장검은 멈추어 있었다.

그렇지만 누구 하나 그에게 창이나 검을 들이대는 이가 없었다. 귀가 멍멍했다. 웅웅거리면서 뭔가가 들렸다. 그리고 그 웅웅거림은 점점 더 확연하게 들려왔다.

"와하하핫! 북부의 샤벨 타이거 레너드 베인이 여기 있다!"

"크하하하! 덤벼! 다 덤벼! 아인젠가의 수호 몬스터, 폭식의 제왕 제이 브레이커가 여기 있다!"

그들은 베르누크가 이끌고 온 영지군이었다. 예상보다 빨리 도착하는 바람에, 또한 전장이 약간 뒤로 밀리는 바람에 본의 아니게 전투가 한창인 전장에 들어서게 된 것이다.

"지, 지원군입니다! 지원군이 왔습니다!'

어느 기사가 외쳤다. 깃발을 든 기수는 깃발을 높게 치켜들며 목이 쉬어라 함성을 질렀고, 끝까지 자신의 주군을 버리지 않고 버텨내던 기사들은 자신도 모르게 눈물을 삼켰다.

살았다는 안도감 때문일 것이다. 죽음을 각오했다. 죽은 동료도 많다. 30여 명이었던 기사가 겨우 열 명 남짓 남았으니 거의 전멸이라 해도 과언이 아니다.

베르누크 남작의 병사들과 기사들은 무자비했다. 지금 자신들이 죽이는 이들은 분명 제국의 백성이기는 하다. 하지만 이미 이곳은 전장이 되었다. 죽이지 않으면 죽게 된다. 전투가 끝났으면 모르되 전투는 아직 끝나지 않았다.

중간에 에르빈 롬멜과 그를 따르는 수하 500여 명이 더해져 총 병력은 1,500명의 경기병과 25명의 기사가 되었다.

또한 오랜 행군으로 지치기는 했으나 충분한 휴식과 언제 일어날지 모를 전투에 몸의 상태를 최상으로 만들기를 서슴지 않았던지라 그들은 최고, 최상의 전력임에 분명했다.

베르누크의 할버드가 허공을 가를 때마다 여남은 명의 적이 피를 뿜으며 쓰러져 갔다. 굳이 오러를 형성하지 않아도 되었다. 장병이자 중병인 할버드. 날카롭게 벼려진 할버드는 찌르면 찌르는 대로, 베면 베는 대로, 찍으면 찍는 대로 그 성과를 확실하게 보여주었다.

"나는 북부의 베르누크 아이젠 남작이라 한다! 오라! 북부의 힘을 보여주마!"

광포하게 외치는 베르누크의 외침에 그를 둘러싼 수천의 적이 오히려 위축되어 주춤거렸다. 2미터가 넘는 키. 그가 탄 말 또한 평범하지 않았다. 보통의 말보다 목 하나는 더 컸다.

마치 마계에 마신이 있다면 바로 말 위에 앉아 진홍의 망토를 휘날리며 한 손과 때로는 두 손으로 거침없이 할버드를 휘두르며 전장을 지배하는 베르누크의 모습 그대로일 것이다.

"저자닷! 저자가 적장이다! 저자를 잡는 자에게 500골드를 주겠다!"

"우와아아!"

적장은 다급하게 외쳤다. 겨우 1,500 남짓 되는 병력의 난입에 군진이 흐트러지고 전세가 역전되고 있었다. 후퇴하던 적들이 다시 재정비하여 쇄도해 들어왔고, 거의 다 잡은 적장을 놓치고 말았다.

"이노옴! 난 밸튼의 죤슨이라 한다! 네놈의 목을 잘라 상금을 받아야겠구나!"

베르누크보다는 조금 작았지만 그래도 여느 기사보다 큰

덩치의 소유자로 도끼를 들고 말을 몰아 베르누크에게 질풍처럼 달려왔다.

"죤슨은 무슨 얼어 죽을!"

콰앙!

"끄어억!"

단 일수에 죤슨의 목을 잘라 버린 베르누크였다. 그는 식후 해장거리도 안 된다는 표정으로 턱을 치켜세우며 적을 도발했다.

"겨우 이거냐? 겨우 이걸로 나를 잡는다 했더냐?"

베르누크는 말 위에 섰다. 달리는 말 위에 올라섰다는 말이다. 그리고 할버드를 머리 위로 치켜들었다.

"나를 당할 자! 나오라!"

순간 그의 할버드에 시뻘겋고 거대한 오러 블레이드가 형성되었다. 보고도 믿을 수 없는 거대한 오러 블레이드. 3미터가 넘는 할버드에 그 배는 될 듯한 오러 블레이드가 불쑥 튀어나오자 적들은 심장이 튀어나올 듯 기겁했다.

"허, 허억!"

"오, 오러 블레이드!"

"마스터닷! 소드 마스터다!"

"아, 안 돼!"

슈우우웅!

트트트투확! 쿠와아아앙!

그저 일직선으로 내리그었을 뿐이다. 하지만 그 효과는 엄청났다. 일직선으로 갈라진 적진. 그 갈라진 끝에는 대지가 폭발하며 거대한 크리에이터가 형성되었다.

베르누크는 마치 바람의 정령이라도 되듯이 하늘로 치솟아 적장이 있는 곳으로 그대로 뛰어내렸다. 방금 전 베르누크의 놀라운 무위에 입을 떡 벌리고 침을 흘리며 아직도 정신을 차리지 못한 적장은 미동조차 없었다.

그리고 환상처럼 베르누크의 할버드가 움직였다. 아주 느릿하게 움직였다. 하늘에서 떨어져 내리는 사람이 어찌 느릿하게 떨어져 내릴까마는 적장을 중심으로 있는 반란군의 수괴들은 그렇게 느꼈다.

'아, 아름답다!'

'아아!'

서걱!

스르르룻! 투욱!

마른땅에서 먼지가 풀썩 일어났다. 그와 동시에 수뇌부의 목이 떨어져 내리기 시작했다. 무려 열 명의 수급이었다. 베르누크는 적장의 목을 할버드의 창두에 꽂았다.

"적장의 목이 여기 있다! 항복하라! 항복하면 살 것이다!"

"우와아아! 적장의 목을 베었다!"

"적장이 죽었다!"

"우와아아아!"

*   *   *

북부 출신인 애버튼 아드리안 남작은 대단한 전공을 세웠다. 5,000 정도의 인원으로 1만 명에 달하는 반란군을 제압했으며, 반란군의 수괴와 장수 열 명을 잡았기 때문이다.

거기에 그들이 가진 군량미와 함께 군마, 병장기, 그리고 4천이 살짝 안 되는 포로까지 잡았다. 물론 애버튼 아드리안 잠작은 정직했다. 그는 곧이곧대로 보고서를 올렸다.

바로 베르누크 아이젠 남작의 지원군에 대해서 말이다. 반란군의 수괴와 장수 열 명을 잡은 것은 자신이 아닌 베르누크 아이젠 남작이라고 분명히 명시했다.

그것은 밀리예프 후작이 이끄는 동부군에 상당히 큰 이슈거리가 되었다. 최근 들어 전선이 고착되었고, 게다가 전선이 조금씩 뒤로 밀리고 있는 실정이었다. 그런데 그것을 반전시킬 계기를 만들어준 것이기 때문이다.

그로 인해 많은 병력을 잃었지만 병사들을 위해 스스로 적의 시선을 잡아둔 애버튼 아드리안 남작과, 의도하지는 않았지만 적의 후방을 급습하여 반란군을 제압하는 데 결정적인 공헌을 하고 승리를 안긴 베르누크 아이젠 남작은 동부군의 영웅으로 알려졌다.

물론 모두 다 그 둘을 영웅으로 여기는 것은 아니었다. 작위도 그렇고 직책도 직책인지라 오히려 그들의 공을 폄하하거나 애버튼 아드리안 남작의 무모한 돌격과 경솔함을 성토하는 이들까지 있었다.

그 와중에, 동부군에 도착한 베르누크가 밀리예프 후작의 막사에 들어왔다.

"오호, 오자마자 한 건 한 영웅이로구만."

"어, 어? 거참, 별것도 아닌 걸 가지고."

언제나처럼 능청스럽게 대꾸하는 베르누크를 향해 밀리예프 후작이 낮게 웃어 보였다.

"클클. 고작 1,500의 기병으로 1만을 제압한 것이 별것도 아니라면 지금까지 깨지기만 귀족들은 대체 뭐란 말인가?"

"멍청한 거죠."

"크하하하! 멋지군. 그래, 잘 지냈나?"

"오느라 죽는 줄 알았습니다."

"프라이스 경의 말로는 이것저것 준비하느라 상당히 늦을 것 같고, 거기에 보병 1천 명 정도라고 하던데 보고와는 상당히 다르구먼."

"그가 그랬습니까?"

생각이 났다. 밀리예프 후작가의 참모 출신이라는 전령이 말이다. 자신이 겁박했다고 이렇게 보복을 하는 모양이다.

물론 일반적인 개념의 귀족들의 출전이라면 그것이 맞다. 하지만 이미 자신은 명확하게 출발 일시와 함께 병력까지 알려주었음에도 불구하고 전혀 다른 방향으로 보고가 된 것이다.

'이것이 사람을 뭐로 보고. 아우, 사회적 지위와 체면 때문에 지금 당장은 참는다.'

"뭐 영지 병력이 일반적인 병력과는 조금 다르기는 하지요."

"클클. 보니 그렇더군. 종자도 없고, 예비 말도 없고, 노예도 없으니 말이네. 거기에 병사는 몰라도 영주나 기사까지 각자의 식량을 지참한다니 상당히 놀랐네."

"놀랄 것도 많습니다. 전 저와 같이 보잘것없는 귀족도 의동생으로 받아들인 형님이 더 놀랍습니다."

"클클, 그거야 내 눈을 믿기 때문에 그런 거지."

"흠, 그건 좀 다른가? 어쨌든 제가 할 일이 뭡니까?"

"사람, 성질 하고는."

밀리예프 후작은 눈앞에서 깐족대는 베르누크의 태도에도 개의치 않았다.

"여기 있어봐야 도끼눈 뜨고 저의 꼬투리를 잡으려고 하는 놈들밖에 더 있습니까? 그전에 할 일 찾아 나서야지요."

"클클, 그래. 자네가 좌측 용병대를 맡아줘야겠어."

"용병대라……."

밀리예프 후작의 말에 베르누크는 검지로 볼을 살짝 긁었다. 쓰려니 말을 안 듣고 버리려니 전력이 아깝고, 이러지도 저러지도 못한다는 보고는 이미 들었다.

해서 그들 부대를 맡으려는 귀족조차 없다 했다. 억지로 맡기면 맡겠지만 그래서는 결코 좋은 결과가 나오지 않고 오히려 용병들과 대립하게 되어 제대로 활용도 못하고 자중지란을 겪을 수도 있기 때문에 천하의 밀리예프 후작도 고민거리였던 것이다.

그러던 중에 베르누크가 온 것이다. 자신이 본 것만 믿는 밀리예프 후작. 사설 경매 때 보았던 몬스터들의 사체로 판단하자면 분명 그만한 솜씨를 지니고 있다는 것을 직감적으로 알 수 있다.

그러하기에 서슴없이 앞뒤 가리지 않고 의동생으로 삼은 것이다. 그리고 그 노림수는 지금에 와서 딱 들어맞았다.

"저만 가면 됩니까?"

"애버튼 아드리안 남작도 같이 갈 것이네. 그가 부사령관이고 자네가 사령관이지."

"쿵. 그자라면 성격이 너무 곧아서 타 귀족들도 쉽게 가까

이하려 하지 않겠군요."

"맞아. 정말 기사다운 기사지. 그런데 요즘은 그런 기사를 상당히 싫어하거든. 그리고 북부 출신이라 더욱더 말이네."

순간 베르누크는 가슴속에서 주먹만 한 불덩이가 치솟는 것을 느꼈다. 작위가 낮은 것도 서러운데 북부인이라고 따돌림을 당한다는 것이다. 무슨 지들이 북부인이라고 언제 밥 한 번 사줘봤냐고.

그런 것도 없는 놈들이 별 희한한 것으로 서로 경계를 긋고 있다. 물론 북부가 남부나 서부, 동부에 비해 현저히 그 개발이 뒤떨어진 것은 사실이다.

하지만 그것은 사람이 뒤떨어져서가 아니라 산악이 많고 추운 날씨에 쉽게 개발하기가 어렵기 때문이 아니던가? 그래서 그들이 1골드라도 도움을 주었으면 말을 안 하겠는데 전혀 그런 것도 없이 뜻 모를 지역타령은 정말 그나마 있던 정나미가 뚝뚝 떨어지게 만들기에 충분했다.

"독자적으로 움직입니까?"

"그것은 아니네만 작전 내에서 최대한 자율성을 보장할 것이네. 그리고 아마 아드리안 남작도 자네의 부대에 배속될 것이네. 이번 전투에서 상당히 많은 전사자가 생겨서 말이네."

"그거면 됐습니다."

밀리예프 후작이 이리 선선히 허락한 것은 그럴 만한 사정이 있었다. 누구도 가지 않으려는 용병대 대장 자리다. 그리고 용병대는 그리 크게 활약하기 어렵다. 보통 화살받이 정도가 용병들의 역할이니까 말이다.

더 이상 충원도 하지 않았다. 최초에 1만을 조금 넘던 용병이 이제는 겨우 5천 정도 남아 있을 뿐이다. 그 말은 소모품에 지나지 않다는 말이다.

그리고 달리 용병대를 맡아줄 귀족도 없었다. 다들 남작이라도 해도 한 지역에서 알아주는 귀족들이다.

그러한 귀족들이 공도 세우기도 힘들고 다루기도 힘든 용병대를 맡으려 하겠는가? 아니다. 당연히 북부의 촌놈 차지다. 거기에 이번 전투에서 세운 공에 질투와 시기심도 작용했다.

베르누크는 일어났다. 밀리예프 후작을 전적으로 믿는 것은 아니다. 노회할 대로 노회한 밀리예프 후작. 공작이 아닌 후작임에도 불구하고 동부의 수호신이라 불릴 정도다.

중앙 정치에 관여하지 않음에도 불구하고 중앙 귀족들은 밀리예프 후작을 무시하지 못한다. 왜 그럴까? 이유는 여러 가지가 있을 것이다. 그것은 바로 노회한 그의 처세술 덕분이라 할 것이다.

굽히고 세우기를 아주 적절하게 한다. 타고난 줄타기의 명수다. 또한 그것을 받쳐 줄 만한 무력도 건재했다. 재력도 있다. 그러니 무시하지 못하는 것이다.

그렇게 노회한 자가 자신을 믿어준다고 해서 그것이 정말 믿는 것일까? 베르누크는 아니라고 봤다. 제국에서 배척하는 북부의 인물에다가 작위조차도 남작이다. 무엇을 보고 믿어 줄까?

이용할 것이 있기 때문이다. 이용할 때가 바로 지금이다. 그 이상도 그 이하도 아닐 것이다. 그저 쓰다 버릴 체스 판의 폰 정도일 것이다.

그는 베르누크를 낚았다 생각하지만 베르누크 역시 밀리 예프 후작을 낚았다고 생각했다. 소도 비빌 언덕이 있어야 한 다고 했다. 베르누크란 소가 비빌 언덕이 바로 밀리예프 후작 이다.

자신이 효용성이 있을 때까지는 안전하다는 것을 알고 있 는 베르누크였다. 하지만 밀리예프 후작과 끝까지 갈 생각은 없었다. 그와 자신은 쉽게 융합할 수 없기 때문이다.

사상도 그렇고 체계도 그렇다. 서로의 필요에 의하여 가까 이 지낼 뿐 언젠가는 자신에게 이빨을 드러낼 것이다. 물론 밀리예프 후작도 예상은 하고 있겠으나 이렇게 정확히 꿰뚫 고 있다고는 생각 못할 것이다.

보통의 남작이라면 대영주인 후작과 호형호제한다는 그 자체가 영광이니 말이다. 그리고 그 보잘것없는 남작가가 커봐야 얼마나 크겠는가. 그냥 거기서 거기라는 생각일 것이다.

'늙은 여우 같으니라고.'

베르누크는 쓴 입맛을 다시며 밀리예프 후작의 천막을 나섰다. 사령관의 천막이라서 그런지 으리으리했다.

베르누크가 밀리예프 후작의 천막에서 나오자 제이와 레너드가 다가왔다.

"이동 준비해. 용병대 대장으로 발령 났으니 그쪽으로 병력을 움직이고. 제이는 나와 같이 갈 곳이 있으니 먼저 움직여."

"명!"

"가자, 제이!"

"어!"

베르누크와 제이가 간 곳은 다름 아닌 아드리안 남작의 진채였다.

둘이 도착했을 때는 아드리안 남작이 이동 준비를 이미 끝마치고 있었다.

아드리안 남작도 곧기는 하지만 다른 귀족과 다르지 않았다. 노예는 없었지만 기사들이 종자를 데리고 다녔고, 예비 말도 있었다. 그리고 전속은 아니지만 시종도 있었다.

베르누크와 제이가 들어서자 아드리안 남작은 금세 그들을 알아보았다.

"어서 오십시오, 아이젠 남작님."

아드리안 남작은 북부의 작은 영지를 다스리는 영주다. 메이플라이 산의 지류인 하이데른 산이 있는 곳이다. 아드리안 남작 또한 30대 중반의 나이이니 베르누크와 비슷한 연배라 할 수 있었다.

아무리 몰락 일로에 있는 남작 가문이지만 과거 북부를 아우를 정도의 대단한 위세를 자랑하는 전통의 귀족이라 할 수 있는 아이젠 가문이기 때문에 북부에서 나고 자란 아드리안 남작이 모를 수 없었다.

"반갑습니다, 아드리안 남작님."

자연스럽게 인사를 나누는 베르누크와 아드리안 남작. 베르누크가 비록 20대로 보이지만 30대 중반에 이른 동년배의 귀족이라는 것을 아는 아드리안 남작은 더욱 자연스러웠다. 그리고 아이젠 남작의 과거에 대하여도 조금은 알고 있었다.

"기다리고 있었습니다."

"소식을 들었나 봅니다."

"그렇습니다."

"그래, 마음 상해 보이지 않는 것을 보니 이미 각오하고 있었습니까?"

"전장보다 진채에 머무는 것이 더 힘듭니다. 따가운 살기에 가까운 시선들 때문에."

베르누크는 조용히 고개를 끄덕였다. 자신보다 먼저 이곳에 도착해 전선에 투입된 아드리안 남작이다. 하니 이곳의 사정을 자신보다 더 잘 알고 있을 것이다.

아무리 주변에 신경을 쓰지 않는 곰탱이 기사 가문이라고는 하지만 곰이 몸이 둔해 보여서 그렇지 눈치나 사냥 솜씨는 그 누구도 따를 자가 없다. 그러한 자가 진채의 상황을 모를 리 없다.

일단은 믿음직스러웠다. 북부인의 호탕하고 직설적인 기질이 그대로 느껴진 탓이다. 오랜만에 느낀 정통 기사의 느낌 말이다.

베르누크가 그렇게 느꼈다면 아드리안 남작은 거대한 산을 보는 듯한 느낌을 받았다.

이미 베르누크가 소드 마스터라는 것을 안다. 그것도 최상급 이상이다. 물론 스스로 그것을 밝히고 싶지 않은 눈치라서 함구하고 있지만 그래도 기꺼운 마음은 감출 수 없었다.

베르누크가 오기 전까지 북부에서 온 것은 자신뿐이다. 밀리예프 후작과의 한줄기 인연으로 해서 이 진압 작전에 참여하게 되었다. 홀로 고군분투했지만 오직 그뿐이다. 망망대해의 외로운 섬처럼 고독하기 이를 데 없었다.

게다가 공이라도 세울라 치면 어찌나 시기와 질투가 심한지 제대로 작전조차 펼치기 어려웠다. 그 탓에 다 잡은 승기를 놓친 적이 한두 번이 아니었음은 말할 필요도 없다.

그러한 판국에 소드 마스터인 아이젠 남작이 왔다. 비슷한 연배라 하나 범접할 수 없는 위엄을 느꼈다. 그런 자가 합류하여, 이제는 북부 출신이 혼자가 아니라 둘이다.

그리고 아이젠 남작의 호위인 제이 브레이커 경과 기사단 장인 레너드 베인 경은 이미 마스터이거나 마스터에 근접한 상태이고, 기사 중 네 명 정도는 이미 최상급에 이르러 보였다.

기사들은 전부 중급 이상의 실력을 보이고 있었다. 또한 병사인 경기병은 또 어떠한가? 경갑은 아니지만 질기기로 유명한 메이플라이 산의 몬스터로 만든 레더 메일을 입고 있다.

일부러 그런 것인지 모르지만 외관적으로는 상당히 투박했으나 실제는 더없이 자연스럽게 움직였다. 거기에 더하여 단련된 정예 중의 정예라는 느낌이 들었다.

그러한 아이젠 남작이라면 무서울 게 없을 것 같았다. 물론 자기 자신 위주로 해석하는 것은 옳지 않지만 반가운 마음에 아드리안 남작은 스스로 그렇게 판단하고 있었다.

*   *   *

부푼 기대를 품고 아이젠 남작과 함께 용병대가 주둔한 지역으로 들어선 아드리안 남작은 절로 인상을 쓸 수밖에 없었다. 수도의 슬럼가와 다르지 않았기 때문이다.

전혀 정돈되지 않은 상태. 용병들이 자기 멋대로 곳곳에 널 브러져 쉬고 있다. 기사의 관점에서 보자면 거지 소굴이라 할 수 있었다. 조직이라는 자체가 성립되지 않는다고 봐도 무방했다.

"이게 현실인 게지. 무엇을 기대한 것인가? 앞으로 이들을 바꿔야 할 것이네. 전투를 할 수 있게 말이지."

실망과 절망감이 드러나 있는 아드리안 남작을 흘깃 바라 본 베르누크가 한 말이다. 그리고 그 음성은 너무도 담담하고 힘이 깃들어 있어 정말 그렇게 될 것 같다는 느낌까지 들게 했다.

"뉘기여?"

"카악! 퉤! 누구긴 귀족 나부랭이겠지."

"망할. 뭐 먹을 게 있다고 자꾸 보내누?"

여기저기에 드러누워 있던 용병들이 권태롭다는 듯 베르 누크 일행을 바라보며 이죽거렸다. 귀족이나 기사가 환영받지 못하고 있다는 말임과 동시에 오히려 적대시하고 있다는 것을 느꼈다.

그중 한 용병이 앞춤에 두 손을 꽂아 넣고 입에는 억새쯤으로 보이는 풀을 질겅질겅 씹으면서 건들거리는 걸음으로 베르누크 일행이 있는 쪽으로 다가왔다.

"뉘슈?"

귀족이라는 것을 알고 있음에도 전혀 거리낌이 없다. 이미 전장에서 굴러먹은 지 벌써 반년이라는 시간이 지났다. 그 정도면 대단한 용병이라 할 것이다. 또한 귀족들이 자신들을 전력이라고 생각하지 않는다는 것도 안다.

아쉬울 때만 손을 벌리고 인원을 충원시켜 주지도 않는다. 고깝다. 귀족만 아니었으면 구린내 나는 입에 칼이라도 박아 넣었으면 좋겠다 싶다. 하지만 어쨌든 계약이 된 상태. 어떻게든 버텨야 한다.

그래서 말이 곱지 못하다. 어차피 저들도 안다. 우리가 비렁뱅이고 과거를 알 수 없는 종자라는 것을 말이다. 단물만 다 빼먹고 갈 놈들에게 잘해줄 필요는 없었다.

"이, 이놈이……."

레너드가 뭐라 외치려 할 때, 그 말을 끊고 베르누크가 입을 열었다.

"그만! 새로 용병대 사령관으로 부임한 베르누크 아이젠이다."

"아, 그러셨습니까? 들어가 보슈. 찌잇!"

잇새로 침을 찍 뱉어내고는 껄렁껄렁 자리로 돌아가 버리는 용병이었다.

곁을 지키고 있던 아드리안 남작이 오히려 멍해져 있다. 하지만 베르누크와 그의 영지군은 괜찮다는 듯이 아무렇지도 않게 주둔지의 가장 안쪽에 자리를 잡았다.

용병들이 잠깐 술렁였다. 보통의 귀족이라면 무례하다며 치도곤을 내기 바빴기 때문이기도 했고, 냄새가 난다면서 주둔지 내로 들어오지도 않고 주둔지 외곽에 새로 진영을 형성한 것이 태반이었기 때문이다.

"별종이 왔나 보네?"

"따 당한 것 아니겠어?"

"그럴 가능성이 농후하지."

"얼마나 버틸까?"

"글쎄. 오래는 못 버틸걸?"

"쯧. 괜히 귀족들이 와서리……. 자리도 좁구만."

결코 좋은 말은 나오지 않았다. 웬 별 거지같은 것이 와서 일을 복잡하게 만드느냐는 식이다.

"켈켈, 그래도 한동안은 심심하지 않겠는데?"

"미친 새끼들이 움직이겠지?"

"말이라고? 또 뇌물 먹이고 신뼁들 목숨으로 돈이나 벌겠지."

"귀신들은 뭐하는지 몰라, 그런 새끼들 안 데려가고?"

그렇게 말하면서 용병 한 명이 슬쩍 한곳을 응시했다. 용병 주둔지의 중앙을 차지하고 있는 자리다. 거기에는 상당히 강해 보이는 용병들이 자리하고 있었다.

이곳 용병 주둔지에도 세력이 존재했다.

그중 가장 강한 세력이 중앙을 차지한다. 용병이 바라보는 곳은 중앙의 가장 큰 세력을 이루고 있는 크레이지 울프 용병단이 있는 곳이었다.

여태 귀족들은 그 크레이지 울프 용병단과 적당히 타협을 해왔다.

그 대가로 용병들은 짭짤한 부수입을 올렸다. 술도 마실 수 있었고 여자도 구할 수 있었다. 그래서 용병 주둔지 주변에는 전쟁상인들이 많았다.

이번에도 크레이지 울프 용병단의 단장은 저들 귀족과 담판을 지을 것이다. 귀족들은 용병단 단장의 제안을 거절하지 못할 것이다. 거절하면 용병들을 휘어잡을 방법이 없을 뿐더러 어쩌면 죽을 수도 있었다.

그날 저녁.

새롭게 형성된 지휘관 막사 주변으로 기사와 경기병의 막사가 완성되었다. 그리고 주둔지에 들어왔음에 조촐하게 식사를 하였다. 대장인 베르누크부터 부대장인 아드리안 남작 이하 모두가 함께 말이다.

그것은 용병들이 보기에는 참으로 신기한 광경이었다. 귀족들은 귀족이 아니고서는 기사들과도 같이 식사를 하지 않는다. 기사들 또한 마찬가지이다. 부하들하고는 절대 같이 식사를 하지 않는다.

한데 무슨 놈의 남작이나 하는 귀족이 기사나 병사 할 것 없이 한데 어울려 식사를 하고 있다. 그 모습이 너무나 자연스러워 원래 귀족이 저랬나 하는 생각마저 든다.

여러 모로 오늘 부임해 온 귀족은 기존의 귀족과는 조금 다르다는 생각이 들었다. 개중에는 아주 극소수지만 좀 달라지지 않을까 하고 생각하는 용병도 있었다.

그러한 진귀한 광경을 보고 저녁 식사가 마무리되자 각자 자유 시간을 가졌다. 그 자유 시간에는 자유를 주었음에도 불구하고 삼삼오오 모여 대련을 하거나 훈련을 하고 있다.

자신의 무구를 손질하기도 하고, 말 상태를 점검하기도 하고, 건초 상태를 알아보기도 했으며, 주변의 풍경을 돌아보기도 했다. 자유 시간이라 해서 늘어지는 기사나 병사는 한 명도 없었다.

그리고 저녁 아홉 시쯤 저녁 점호라는 것을 했다. 1,500명이 모여 일제히 오와 열을 맞추고 인원을 점검하였으며, 건강 상태를 점검하고, 불침번을 정하고 기상 시간을 전달하였으며, 주의 사항을 알려주었다.

그리고 그들은 해산했고, 각자 만들어진 막사에 들어 취침을 취했다. 그러자 용병 쪽은 이제 시작하는 저녁 시간인데 베르누크가 있는 쪽은 그야말로 조용하기 이를 데 없었다.

그러하니 오히려 조심스러운 것은 용병들이었다. 웃고 떠들어야 하는데 정시에 취침을 하니 쉽게 떠들지 못했다. 그럴 수밖에 없었다. 아무리 귀족을 귀족같이 여기지 않는다 하여도 어쨌든 상대는 귀족이니까 말이다.

그리고 늦은 시각에 베르누크의 막사에 방문객이 들었다.

"그래, 내게 할 말이 있다고?"

"정확히는 거래라고 해야 옳을 것입니다."

이미 이들에 대한 보고는 받아서 알고 있었다. 용병대를 장악한 700여 명의 대규모 용병단인 크레이지 울프 용병단. 그중 지금 자신 앞에 있는 이는 얼굴에 X자로 흉터가 있고 키가 190 정도인, 단장 크레이지 독.

그의 우측에서 거래라고 말한 이는 크레이지 독의 머리 격인 마이클이라는 용병이다. 전체적으로 얼굴이 역세모꼴이고 눈이 좌우로 살짝 치켜 올라간 것이 성정이 간사하며 모략질에 능하지 싶었다.

그리고 마지막으로 크레이지 독의 좌측에 있는 자는 일종의 호위 같은 자로, 크레이지 용병단의 이인자인 셀브린이었다. 과묵하지만 정확한 상황 판단이 장점이면서 크레이지 울프 용병단의 단원들에게 신망이 높은 자였다.

"호오~ 거래라……. 일단 들어보도록 하지."

그렇게 말하며 베르누크는 의자에 깊숙이 몸을 묻었다. 손은 깍지를 끼고 크레이지 용병단의 머리 격인 마이클을 바라보았다. 아무런 감정이 없는 무감정한 눈동자다. 그에 마이클은 슬쩍 입술에 침을 발랐다.

'젠장! 이 느낌은 뭐지?

지금까지와는 전혀 다른 감각이 머리에 울렸다. 위험하다는 경고성이다. 자신도 모르게 입술에 침이 마르고 목울대를 울리며 침을 삼키고 있다.

"저희에게 자율권을 주십시오."

"무슨 자율권?"

"이 주둔지 내에서 마음대로 움직일 자율권과 전투 시 스스로 움직일 자율권입니다."

"왜 줘야 하는데?"

베르누크의 물음에 슬쩍 입꼬리를 말아 올리는 마이클이다. 상대가 넘어왔다는 확신을 가진 웃음이다. 내가 그걸 주면 너희는 나에게 뭐를 줄 것이냐는 말로 해석해도 되니 말이다.

"전리품의 60%를 드리겠습니다. 물론 골드입니다."

"호오~ 전리품이 꽤 많은 양인가 보지?"

"대략적으로 전투 한 번에 전리품은 3만 골드 정도입니다. 농민군이라고는 하지만 그들이 착용한 장비와 무기, 몰락한 귀족 가문의 인장이라든지 보석 종류, 그리고 수중에 소지한 금전까지 모두 수거합니다."

"그럼 대략 만 팔천 골드가 내 것이라는 말이네?"

"그렇습니다."

"그거 받고 난 작전이 어떻게 되든 말든, 용병들이 죽든 말든 가만히 있으면 된다는 이야기고?"

"그저 상황을 즐기시면 됩니다."

마지막 말을 하고 마이클은 씨익 웃었다. 거의 다 되었다. 확답만 받으면 되었다.

마이클은 처음과 다르게 약간의 여유가 생기자 크레이지 울프 용병단의 단장을 바라보며 고개를 끄덕였다. 다 되었다는 신호일 것이다.

하지만 크레이지 독의 좌측에 있는 부단장은 이 상황이 결코 마음에 들지 않는 모양이다. 무표정한 얼굴을 가장하기는 했지만 매의 눈보다 날카로운 베르누크의 눈을 피할 수는 없었다.

"마음에 들지 않는군!"

"예. 그럼…… 예?"

"싫다고."

"어째서……."

"너희, 지금까지 그렇게 전투해 왔나? 동료들의 목숨을 담보로 한밑천 챙기는 것을 목표로 전투해 왔나? 그래서 얼마나 챙겼나?"

"전투란 그런 것 아니겠습니까? 죽은 사람은 죽어도 산 사람은 살아야 하지 않겠습니까?"

"그래서 동료들을 산 채로 사지로 내몰았나? 그래서 1만 명이 넘어가는 동료 중 겨우 오천이 살아남았나?"

"약육강식입니다. 약한 자는 도태되게 마련입니다. 강한 자는 살아남는 것이고 약한 자는 죽는 것입니다. 또한 약한 자는 강한 자를 위해 희생하는 것입니다. 그것이 약육강식입니다."

베르누크의 표정이 바뀌었다. 한순간 분위기가 매우 차갑게 내려앉았다.

"웃기는군. 누가 그러던가? 너희가 강한 자라고 누가 그러던가? 누가 그러던가, 죽은 자들이 약한 자라고? 너희는 우리 귀족을 싫어하지. 기사들도 싫어한다. 왜냐고? 할 줄 아는 것은 하나도 없으면서 먹고 싸기 바쁘고 욕심은 많아서 뜯어먹길 좋아해서이지. 되지도 않을 자존심에 일을 그르치기 바쁘고, 밥도 안 먹여줄 특권의식에 젖어 사람 목숨을 파리 목숨보다 가볍게 여기기 때문이지. 그렇다면 말이다, 너희가 우리 귀족과 다른 게 뭐지? 너희는 쥐꼬리만도 못한 권력을 믿고 동료를 오우거의 아가리에 산 채로 집어넣고 웃고 떠들고 있다. 동료가 죽으면 떨어진 피와 살과 뼈를 분리해 서로 나눠 갖고 말이다. 너희는 지금 귀족 놀이에 아주 푹 빠져 있다. 좋은가, 귀족 놀이를 하고 있으니?"

세 명의 표정이 일순간 변했다. 그렇지 않아도 흉신악살 같던 크레이지 독의 얼굴은 시뻘게지면서 분노했고, 뱀눈을 지닌 사내의 얼굴은 딱딱하게 굳었다.

부단장의 얼굴 역시 딱딱하게 굳었지만 앞선 두 명과 다른 의미라고 할 수 있었다. 그의 눈에는 씁쓸함과 동시에 죄책감이 드러나 있었다. 어쩔 수 없는 것이 아니었다. 스스로 만든 어쩔 수 없었음이었으니.

"후회하실 텐데요."

"협박하는 것인가?"

"맞습니다. 만약 이 안을 받아들이지 않는다면 진정으로 후회하실 것입니다. 앞으로 힘들어지실 것입니다. 용병들은 결코 쉽게 움직이지 않을 것입니다."

"후후. 웃기는 놈이군. 그것이 네놈들이 가진 그 알량한 권력인가? 그래, 그럼 한번 해보지. 너희가 이기는지 내가 이기는지. 대답이 되었나?"

"되었습니다. 결과가 좋지 못해 아쉽습니다. 그럼 이만."

세 명은 자리를 털고 일어났다. 그들의 얼굴은 딱딱하게 굳어져 있었다. 처음으로 자신들의 제안이 거절당했다. 이곳에 용병대가 자리 잡은 이후 처음이다. 그만큼 자존심에 상처를 받았다는 말도 될 것이다.

그들이 사라지는 모습을 지켜보면서 베르누크는 속으로 화를 가라앉혔다.

'새끼들, 웃기고 자빠졌네. 사람 목숨이 무슨 물건이냐? 목숨 하나 줄 테니 받아라? 이것들이 아주 대가리 자체가 썩어 있네, 썩어 있어. 그리고 말이다, 사람 잘못 봤다. 나 그렇게 쉬운 놈 아니거든?'

"제이야, 레너드하고 카림, 그리고 아드리안 남작하고 롬 멜 경 좀 불러와라."

"응. 알았다, 형님아."

그렇게 말한 베르누크의 눈은 새파랗게 빛났다. 그것은 열정이 아니라 분노의 눈빛이었다. 지금까지 한 번도 보지 못한 무시무시한 눈빛이었다.

CHAPTER
02

토 성 전 투

Knight King

용병대 사령관 부임 첫째 날.

용병대가 머물고 있는 주둔지는 왠지 모를 긴장감에 휩싸였다. 크레이지 울프 용병단은 평소와 다르지 않게 패악을 일삼는 와중에도 긴장감이 감돌고 있었다.

용병대 사령관과 같이 온 기사들과 병사들이 순찰을 돌기 시작했다. 주둔지와 주둔지의 외곽, 즉 전쟁상인이 머물고 있는 곳과의 출입이 통제되었다. 때문에 주둔지에서 밖으로 향하는 출입문 네 곳에서는 상당한 고성이 오가고 있었다.

"왜 못 나간다는 것이오?"

"사령관님의 명이다."

"나 크레이지 울프 단원이오."

"그래서?"

"크레이지 울프 단원이라니까."

"광견병 걸린 개새끼든 뭐든 못 나간다."

"뭐, 뭣? 이런, 썅!"

촤앙!

"헙!"

크레이지 울프 용병단의 용병 한 명이 힘으로 뚫고 나가려 하였으나 멈출 수밖에 없었다. 어느새 자신의 목에 대어진 마상 장도. 언제, 어떻게 자신의 목에 겨누어졌는지 알 수 없었다.

단지 서늘한 느낌만 받았을 뿐이다. 심장이 튀어나올 만큼 놀랐다. 하지만 그러한 감정을 솔직히 보일 수는 없었던지 기어코 한마디 한다.

"이, 이러면 재미없을 텐데 말이우."

"좀 재미있게 해줬으면 좋겠군."

싸늘하게 반문하는 자는 에르빈 롬멜이었다. 그 기세에 움찔한 용병은 슬금슬금 뒷걸음질 쳤다.

많은 용병이 그것을 보았다. 평소 안하무인격이던 크레이지 울프 용병단이 당한다는 것이 신기한지 아니면 통쾌한 것인지 묘하게 일그러진 얼굴로 그 광경을 지켜보고 있었다.

"저게 뭔 일이라냐?"

"그러게. 귀족들이나 크레이지 울프 용병단이나 다 한통속 아녀?"

"거참, 오래 살지도 않았는디 별 희한한 광경을 다 보네."

"그래도 그 기사, 별로 쫄지도 않는 거 보니 제대로 된 기사 인갑네."

"글지? 미첨이면 다들 얼굴 때문에 지레 겁먹더만."

여기저기서 용병들이 수군거렸다.

오전부터 시작된 외부와의 통제. 그것은 기존 용병들에게 는 별로 대단하지 않은 일이었다. 딱히 전투가 일어나지 않은 상황에서 한 푼이 아쉬운 판국이지만 전쟁상인을 이용할 이 유가 없기 때문이다.

하지만 크레이지 울프 용병단은 조금 달랐다. 그들은 노상 외부에서 살다시피 했다. 술과 여자, 도박으로 벌어들인 돈을 탕진하고 있었다.

쉽게 번 돈이고 내 목숨을 걸지 않고 타인의 목숨으로 번 돈이다. 아까울 것이 없다는 것이다.

물론 개중에도 그러지 않고 꼼꼼하게 챙긴 용병들도 있기 는 하지만 700이 넘는 크레이지 울프 용병단 중 그렇게 하는 용병은 겨우 손가락에 꼽았다.

용병대 사령관 부임 셋째 날.

"대장, 이거 뭐유?"

크레이지 울프 용병단 중 수염이 덥수룩하고 얼굴에 칼자국이 난 자칼이 신경질적으로 크레이지 독에게 따져 물었다. 평소 같았으면 도저히 있을 수 없는 일이 벌어진 것이다.

크레이지 독의 눈이 살짝 붉어졌다. 이는 그가 분노하고 있다는 증거다. 하지만 그만이 분노를 하고 있는 것은 아니다. 용병단원 모두가 분노하고 있었다. 그들의 입에서도 눈에서도 불쾌함이 절절이 묻어났다.

"이거 그 귀족 나부랭이한테 뜨거운 맛을 좀 보여줘야 하는 거 아니우?"

"어떻게?"

"우리가 잘하는 거 있잖수. 개싸움 말이유."

"그거 좋군. 요즘 들어 기어오르는 놈들이 많은데 이참에 그놈들에게 경고를 보내는 의미로 한번 들고일어나야 할 것 같수."

크레이지 독의 고개가 옆으로 꺾였다. 머리 격인 마이클에게 묻고 싶은 것이 있다는 것이리라. 그의 입에서 쇠를 긁는 듯한 소리가 나왔다.

"그들과의 연락은?"

"난색을 표합니다."

"처먹을 때만 좋았다는 것인가?"

"아무래도 같은 귀족이고 거기에 용병대를 맡은 사령관이니 그런 것 같습니다. 들리는 소문에는 좌군장의 의동생이라는 말도 있습니다."

"빌어먹을. 다른 쪽은?"

"아시잖습니까? 그쪽은 마법사가 없다는 것을. 인편으로 전하는 방법뿐인데 저렇게 출입문을 막고 주둔지 주변을 경계하니 빠져나갈 방도가 없습니다."

"결국 개싸움을 하자는 말이군."

"용병들의 눈이 조금씩 달라지고 있습니다."

"클. 그깟 놈들, 뭐가 대수라고."

"그래도 무시 못할 이들이 있으니 이대로 가면 상황이 조금 어렵게 됩니다."

"오후에 사열식을 한다지?"

"그렇습니다."

"그때가 좋겠군."

"크크크크."

크레이지 독의 말이 떨어지자 용병단의 천막에 모여 있던 용병들이 의미심장하게 웃었다. 어떤 이는 기대감에 입술을 핥았고, 어떤 이는 눈을 번들거리고 있었다.

사령관 취임 사열식!

원래대로라면 오와 열을 맞추고 약간의 얄궂은 음악도 울리면서 거만하게 턱을 치켜들고 병사들을 내리까는 동작을 함과 동시에 취임사를 하는 것이 정상이다.

　하지만 지금 베르누크가 하는 사열식은 모양이 좀 이상했다.

　모이기는 다 모였다. 오와 열이라는 개념이 없어서 문제지만. 여기저기 뭉텅뭉텅 서 있고 자기네들끼리 속닥거리고 있다.

　베르누크는 약간 높게 설치된 단상에서 5천 명 정도의 용병을 쓸어보았다. 그리고 그의 정면에는 예의 첫날 거래를 제안해 온 크레이지 울프 용병단들이 뭉텅이로 서 있다.

　결코 호의적이지 않은 얼굴로 말이다. 다른 용병들은 무슨 재미난 구경이라도 일어나지 싶었는지 그들과 약간의 거리를 두고 유심히 지켜보고 있었다.

　"그러니까 실력을 보이라 이 말인가?"

　"그렇습니다. 용병들은 힘에 굴복합니다. 힘이 없다면 아무리 귀족이라 해도 우리를 부릴 수 없습니다."

　"재미있군. 어떻게 하면 실력을 보이는 거지?"

　"우리를 이기시면 됩니다. 물론 같은 수를 쓰든 더 많은 병력을 동원하시든 상관없습니다."

　묘하게 사람의 심정을 자극하는 말이다. 너희가 아무리 발버둥 쳐봐야 우리를 이길 수 없다는 것이리라. 그것은 자신감

일 수도 있었다. 물론 아직까지 베르누크라는 인물을 잘 모르기 때문에 일어나는 현상이다.

그러한 그의 선동에 용병들의 눈이 반짝였다. 세상에 제일 재미있는 것이 싸움 구경이다. 그다음이 불구경이고.

둘 다 나쁜 놈들인데 이기는 놈이 우리 편이다. 귀족이 이기면 크레이지 울프 용병단이 힘을 잃어서 좋고, 크레이지 울프가 이기면 또 많은 용병이 죽어 나가기는 하겠지만 나만 아니면 되니까 지내던 대로 지내면 되니 상관없었다.

"죽어도 상관없나?"

"……."

"나는 죽이지 않을 바에는 그런 치졸한 수에 넘어가지 않아. 죽어도 상관없다면 응하지."

크레이지 독은 당황했다. 실력을 보이라고 했더니 생사결을 이야기한다. 서로 죽을 때까지 싸우자는 것이다. 한번 한것, 어느 한쪽이 피를 볼 때까지 싸우자고 하니 잠깐 머뭇거릴 수밖에 없었다.

마이클이 크레이지 독을 바라보았다. 크레이지 독이 입술을 비틀었다. 그리고는 이내 고개를 끄덕였다. 하자는 의미다. 자꾸 막장으로 가는 느낌이 든 마이클이었지만 이미 샤벨타이거의 등에 올라탄 형국이니 여기서 약세를 보일 수는 없었다.

"좋습니다."

크레이지 독의 승낙이 떨어지자마자 마치 기다렸다는 듯이 베르누크가 외쳤다.

"기사 레너드 베인 경 외 26명 앞으로!"

처벅! 처벅! 우뚝!

마치 이미 이런 제안이 들어오리라는 것을 알고 있었다는 듯 기사들이 앞으로 걸어 나왔다. 그와 함께 병사들은 어느새 둥글게 쳐진 외곽으로 돌아 경계 태세를 취했다.

죽어도 안에서 죽으라는 말이다. 피의 결투장이 마련된 셈이다. 용병들은 지금의 상황에 살짝 당황했다. 그냥 싸움 구경인 줄 알았는데 상황이 묘하게 돌아가는 것을 눈치챈 것이다.

"기사들만 하실 겁니까?"

"더 이상 필요하지도 않지."

"후회하실 텐데요."

"후회를 해도 내가 한다."

그 말과 함께 크레이지 독을 중심으로 마이클이 좌로, 부단장이 우로 거리를 벌리자 용병들도 이미 약속이라도 한 듯 적당히 중간과 좌우로 갈라졌다. 훈련을 받지 않았음에도 그들의 움직임은 상당히 빠릿빠릿했다.

"거기 부단장, 셀브린이라고 했나? 마음이 바뀌면 말해. 다른 놈은 몰라도 넌 살려주마."

여전히 무표정한 부단장 셸브린을 향한 베르누크의 외침이다. 상대를 향해 검을 들이대고 있는 상황에서 나온 발언. 마이클과 크레이지 독이 의심스러운 눈으로 그를 쏘아보았지만 무표정한 셸브린에게 얻어낼 것은 없었다.

철컹! 철컹!

27명의 기사가 플레이트 메일을 벗었다. 플레이트 메일 속에 받쳐 입는, 천으로 된 기사단 복장이 나왔다. 용병들은 의외라는 눈빛을 보냈다. 고작 27명이라는 기사들만 출전시킨 것도 그렇고 웬만한 도검은 튕겨내는 플레이트 메일을 벗어 이점을 버린 것도 그러했다.

레너드가 좌측으로 움직였다. 그러자 몇 명의 기사가 그를 따랐다. 에르빈이 우측으로 움직였다. 또 몇 명의 기사가 그를 따랐다. 중앙엔 오우거를 축소해 놓은 듯한 제이와 몇 명의 기사가 남았다.

"나! 아이젠 가문의 수호 몬스터 폭식의 제왕 준비됐다. 안 오냐?"

"풋!"

"캑!"

제이가 자신을 소개하자 여기저기서 웃는 소리가 들렸다. 그러거나 말거나 전혀 동요하지 않은 제이는 좌에서 우로 쓸어보더니 이내 다시 외쳤다.

"안 오면 내가 간다! 우와앗!"

말과 함께 정면으로 쏘아진 화살처럼 튕겨져 나가는 제이였다. 제이는 싸울 줄 안다. 기사라는 개념은 없다. 소수가 다수에게 이길 수 있는 방법은 선공이다. 그것은 제이만 그러한 것이 아니다.

아이젠 남작가의 기사들은 대부분이 용병 출신이다. 기사라고 하지만 용병 때의 습관조차 버린 것은 아니었다. 제이의 외침과 동시에 700여 명이 버티고 있는 크레이지 울프 용병단을 향해 유령처럼 아이젠 남작가의 기사들이 쇄도했다.

그들은 안다. 싸움에서는 선방이라는 것을. 강한 자가 살아남는 게 아니라 살아남는 자가 강한 것이라는 것도.

"헛!"

"무슨!"

제이의 소개에 코웃음을 치던 용병들은 기겁했다. 그들은 숫자만 믿고 전혀 대비하지 않고 있었다. 지금까지 보아왔던 귀족이나 기사들처럼 형편없을 것이라 지레짐작했다.

한데 아니었다. 착각을 해도 이만저만 한 것이 아니었고, 방심을 해도 이만저만 한 것이 아니었다. 그 결과는 곧바로 나타났다. 이미 생사결은 시작되었기 때문이다.

제이의 무식한 철봉이 중앙을 일직선으로 갈랐고, 레너드의 긴 연검이 여남은 명의 용병들의 목을 잘라내었다. 에르빈의 쌍도는 팽이처럼 돌며 용병들의 허리를 갈랐고, 베르함의 배틀 액스는 용병들의 머리를 쪼갰다.

애드워드의 주먹과 발은 용병들의 몸을 으스러뜨렸고, 하이론의 창은 환상처럼 갈라지며 가슴을 뚫었다. 그와 연계된 유리의 쌍검은 귀신처럼 목을 갈랐다.

사방에서 피분수가 터져 나오고 뼈가 으스러지는 소리가 들렸다. 하지만 비명 소리는 한참이나 지난 뒤에 터져 나왔다.

"끄아아악!"

*   *   *

난장판이었다. 아니, 유혈이 낭자한 용병대의 진채였다. 결과를 말하자면 크레이지 울프 용병단은 이제 없는 것이나 마찬가지였다. 살아남은 자는 부단장을 위시해 3백여 명 정도였다.

크레이지 울프 용병단의 단장은 제이의 강철봉에 단 한 방에 머리가 터져 죽었고, 크레이지 울프 용병단의 머리 격이던 마이클은 전세가 불리함을 깨닫고 슬금슬금 도망가다 용병들에게 잡혀 전장에 던져졌다.

부단장은 마지막까지 남았으나 가망이 없음을 알고 스스

로 항복했다. 그를 믿고 따르던 나머지의 용병들도 같이 항복
했다. 그래서 살아남은 것이다.

단상에는 여전히 베르누크가 우뚝 서 있다. 어느새 플레이
트 메일까지 갖춰 입은 기사들이 좌우로 도열했고, 병사들은
포위 경계를 풀고 원래의 위치에 오와 열을 맞추어 섰다.

용병들은 눈이 튀어나올 듯이 놀라고 있었다. 물론 그들만
이 아니다. 여기에 참여하지는 않았지만 무언 중 이런 결과를
바랐던 아드리안 남작과 그의 가문의 기사들도 다르지 않았다.

"좀 과하지 않았나 싶습니다."

"난 목숨으로 장사하는 놈들, 별로 안 좋아합니다. 그것도
동료의 목숨으로 말입니다."

살짝 눈을 찌푸리며 과한 처사가 아니냐고 물어오는 아드
리안 남작의 말을 가볍게 일축해 버리는 베르누크였다. 평소
와 같이 한 말이었지만 바늘을 떨어뜨리면 그 소리마저 들릴
정도의 정적 속에서 베르누크의 말은 커다란 울림이 되었다.

"되었는가? 내가 너희의 사령관이 될 자격이 있느냐는 말
이다!"

베르누크는 용병들을 쓰윽 훑어보았다.

"나는 동료를 죽이고 그 목숨 값으로 장사하는 놈들을 경
멸한다. 그 결과는 보는 것과 같다. 과하다고 생각하는 자 나
서라. 계약 완료 인장과 함께 밀린 금액을 주마. 시한은 내일

이 시간까지다. 그리고 나는 살아 돌아가고 싶다. 멀쩡하게 살아서 내 가족과 내 친구를 보고 싶다. 아무런 의미 없이 죽고 싶지는 않다."

그렇게 말하고는 횅하니 단상을 내려가 막사로 쏙 들어가 버린 베르누크였다. 남은 아드리안 남작은 중앙에 고깃덩이처럼 쌓인 크레이지 울프 용병단의 시체를 병사들을 시켜 치우게 했다.

용병들은 그러한 장면을 말없이 바라보았다. 그리고 수군대기 시작했다.

"저게 대체 뭔 짓거리냐?"

"그놈들이 하던 짓을 생각하면 백번 옳은 일이지."

"그래도 이건 아니지. 용병은 사람이 아닌감?"

"자네, 트란 아나?"

"…물론 아, 알지."

"그럼 게리는? 조나단은? 마이클은?"

"……."

용병들의 얼굴이 굳어졌다. 그들 모두 열다섯 살에서 열여섯 살 사이의 초보 용병들이었다. 그들을 죽음으로 몰아넣은 게 저 크레이지 울프 용병단이다.

그들은 그런 초보 용병들을 적에게 내어주고 승리를 이끌었고, 전리품을 챙겼다.

조용해진 용병들 사이로 갈등의 빛이 어리기 시작했다.

용병들의 시선이 구덩이를 파고 시체를 하나둘씩 치우고 있는 병사들에게로 향했다. 용병들은 그것이 무엇을 의미하는지 알고 있다.

구덩이를 파 한 군데 모아서 태울 요량이다. 갈등하는 용병 중 한 명이 나서서 병사들을 도왔다. 그러자 한 명 두 명 그 인원이 점점 불어나기 시작했다. 그리고 그 와중에도 죽은 크레이지 울프 용병단의 품을 뒤져 쓸 만한 것을 챙기고 있었다.

돈주머니나 반지, 혹은 무기나 아직 쓸 만한 레더 메일 등 자신의 것보다 좋으면 바꿀 것이고, 아니면 챙겨두었다 전쟁 상인에게 팔 요량인 것이다.

결과적으로 주둔지를 떠난 용병은 없었다. 살아남은 크레이지 울프 용병단 인원을 비롯한 용병 전원이 베르누크 밑에 남아 있기로 한 것이다.

베르누크는 군수품을 풀었다. 원래는 용병이라는 것이 계약직으로, 먹을 것이나 입을 것, 혹은 무기까지 모두 자체 해결이다.

이것을 바꿨다. 삼시 세 끼 식사를 주고, 훈련을 시켰다. 가장 기본적인 훈련이었다. 처음에는 참여율이 저조했으나 갈수록 그 참여율이 늘었다.

그 이유는 당연히 실력 향상이 눈에 보이기 때문이었다. 대개 용병들은 자신의 무기에 맞는 움직임을 알아서 배운다. 즉, 실전적인 움직임이라는 것이다.

너무나 실전이다 보니 변칙적으로 변하게 되었는데, 그 기본이 없기에 쉽게 더 상위의 단계로 진보하지 못했다. 하지만 베르누크는 그들에게 가장 기본적인 무기술을 가르쳐 주었다.

검, 도, 창, 부, 편 등 가르칠 수 있는 것은 모두 가르쳤다. 용병들로서는 모자란 기본을 배울 수 있는 절호의 기회였다. 그것은 낮은 등급의 용병이나 높은 등급의 용병이나 같았다.

낮은 등급은 기본을 다질 수 있어서 좋고, 높은 등급은 다시 되새김으로써 앞으로 나갈 방도를 강구해서 좋았다. 그렇게 용병들은 점점 하나가 되어가고 유기적으로 변해갔다.

그러는 와중에 본진에서 전령이 왔다. 작전회의에 참석하라는 전령이 아니라 모월 모일 모시에 작전을 시행하니 적의 본성을 호위하는 우측 토성을 공략하여 본성의 지원을 저지하라는 명령서였다.

명령서가 내려온 즉시 베르누크는 확대 지휘관 회의를 소집했다. 백인장 이상 모두 참석하라는 명령이었다.

지휘부 막사는 거짓말 조금 보태서 도떼기시장 같았다.

기사들은 기사대로, 백인장은 백인장대로 무슨 일인지 궁금해하는 눈치다. 그에 베르누크가 군사장인 카림에게 눈짓을 하자 그가 지급으로 내려온 명령서를 읽어주었다.

작전 명령서를 다 읽자 용병이든 기사든 다들 떫은 감 씹은 얼굴이 되었다.

"이런 가당치도 않은 일을 어찌……."

"그들이 본성인 아이반 성을 돕는 역할을 한다고는 하지만 자그마치 2만이나 되거늘."

"인원을 더 보내주기나 하던가."

여기저기서 웅성거리는 소리가 들려왔다. 교란이라면 충분히 가능할 것이다. 치고 빠지면 될 것이니까.

본성인 아이반 성과 토성과의 거리는 대략 5킬로미터 정도의 거리.

다행히 아이반 성과 좌측 토성 사이에는 야트막한 동산이 있다. 그리고 그 동산은 나무가 모두 베어져 있었다. 좌측 토성에서 시야로 본성의 상태를 확인하기 위함이다.

물론 야트막한 동산으로 인해 본성에서는 이곳의 전투 상황을 육안으로 확인하기에는 상당한 난점이 있었다. 그렇다 하더라도 가까운 거리와 네 배의 병력은 부담으로 다가왔다.

5천의 병력으로 2만을 막으라니. 막말로 2만이라는 숫자가 한꺼번에 쏟아져 나오더라도 알아서 그들을 막으라는 것이다. 교란이고 자시고 할 계제가 아님에도 선택권은 없다. 그러니 웅성거릴 수밖에 없었다.

"조용!"

베르누크의 웅후한 음성에 시장통 같던 지휘부 막사에 울려 퍼지자 이내 조용해졌다.

"이미 작전 명령서는 받았다. 이 상황에서 작전 명령을 거부할 수는 없지. 그렇다면 결론은 작전 명령대로 하거나 그 이상의 실력을 보여주어야 한다는 것이다. 자세한 사항은 군사장인 클라우제비츠 경이 알려줄 것이다."

베르누크가 말한 의도를 금세 짐작한 아드리안 남작이다.

지금 아이젠 남작은 분노하고 있었다. 아무리 변방의 보잘것없는 남작이라 해도 하나의 병력을 책임진 사령관이다.

그런데 사령관에게 작전회의에 참석하라는 말도 없었으며, 거기에 더하여 일방적인 통보를 해왔다. 기대를 하든 안 하든 병력을 가진 사령관을 이렇게 대하는 법은 어떠한 경우에도 있을 수 없는 일이다.

'아으, 그냥 착하게 살려고 하는데 별의별 게 다 태클을 거네. 진짜 승질 살살 돋네그려.'

카림이 지휘관들에게 작전을 설명하는 동안 무심한 눈으로 좌중을 쓸어보며 화를 삭이는 베르누크였다.

딱히 충성심이 있는 것도 아니고 딱히 귀족에 대한 자부심이 있는 것도 아니다. 그냥 잘 먹고 잘살고 싶었을 뿐이다. 그런데 이상하게 자꾸 딴죽 걸면서 가슴에 불을 지피고 있다.

슬슬 약도 오르고 가슴에 불도 댕기고 머리도 뜨끈해졌다. 저절로 육두문자가 튀어나올 판이다.

"적은 아군보다 네 배 정도 많습니다. 5,300이라는 병력으로 적을 공격한다는 자체가 조금 우습게 여겨질 수도 있습니다만 상대는 농민과 노예로 이루어진 오합지졸입니다. 물론 개중에는 상당한 지략과 무력을 지닌 자가 일부 있기는 하지만 그 외에는 평범하기 그지없습니다. 아니, 오히려 초기보다는 그 전력이 더 약화되었다고 해도 과언이 아닙니다. 그 이유는 이미 저들이 초기에 목표로 하고 거병했던 초심을 잃고 약탈과 패악을 일삼고 있기 때문입니다. 또한 토성을 급하게 건설하느라 그 하부가 상당히 부실하다는 점도 있습니다. 지금도 비가 오면 조금씩 부서져 내린다는 말이 있으니 상당히 신빙성 있는 정보라고 판단됩니다."

"문제는 그것이 아니라 저들을 어떻게 밖으로 끌어내는가 하는 것 아니오? 그리고 본성 공략 시 저들이 본진을 지원하지 못하도록 교란하는 것이 아니겠소?"

딴은 아드리안 남작의 말이 맞다. 해서 군사장인 카림은 고개를 끄덕였다. 옳은 말이고 당연한 지적이기 때문이다. 하지만 카림은 웃었다. 충분한 대안이 있기 때문이다.

"적은 우리를 경시할 것입니다. 지금까지 용병대가 그렇게 해왔으니 당연한 일입니다. 또한 적은 아직 자신들과 내통하던 크레이지 용병단이 해체된 것을 모릅니다."

"그렇다는 것은 없어진 크레이지 용병단을 이용하겠다는 말입니까?"

"충분하지 않습니까? 아직 부단장이 살아 있고, 그들이 크레이지 용병단 전체의 얼굴을 아는 것도 아니니 말이지요. 침투해서 안으로부터 문을 여는 계책이 하나지요."

"그렇다 하더라도 2만이라는 적의 수는 부담스럽습니다."

"그것은 첫 번째 계책이 성공한 후 지급으로 작전을 하달하겠습니다."

"크음. 그렇다면야……."

작전은 세워졌다. 하나의 작전을 수립하여 알리고 또 하나의 작전을 수립하여야만 한다. 일단은 작전 자체가 세워졌다는 데, 그리고 그리 무리하지 않다는 데에 다들 공감했다.

특히나 용병 백인대장들은 자신들이 단순한 화살받이로 사용되지 않고 정규 병사들과 다르지 않게 활용된다는 것에 대하여 상당히 고무적이었다. 군 전체의 사기는 충분함에, 베루누크는 그것에 기대를 걸었다.

*   *   *

"서라! 소속은?"

"여어~ 오랜만이군. 나 크레이지 울프 용병단 부단장 셀브린이야."

"음? 아, 고생 많으십니다."

"오, 그래. 자네 이름이… 핫산이었던가? 이건 저녁에 술 한잔하라고 주는 거네."

"아이고, 뭐 이런 걸 다."

부단장 셀브린은 이미 경비병과 안면이 있는 모양이다. 은근하게 찔러주는 돈도 돈이지만 아주 친근했다.

"오늘은 인원이 좀 됩니다? 모르는 얼굴도 몇 명 있구요."

"거참, 자네도 알면서 그러는가. 큼큼."

"아하하하, 그렇지요. 어서 안으로 들어가시지요."

"그럼 수고하게."

부단장 셀브린은 자연스럽게 토성의 입구를 지나쳤다. 그 뒤를 따라 200여 명이 조금 넘는 인원이 실없는 농을 건네며 토성 성문을 지나쳐 갔다. 너무나도 자연스럽게 말이다.

*　　　*　　　*

"허, 많이도 끌고 나왔네."

"아군의 군세가 적으니 단박에 요절을 내려 할 것입니다. 그렇게 나온다 해도 토성에는 적어도 1만의 군세가 남아 있을 것입니다."

"분명 그러했지. 아무래도 작전 좀 짜야 하겠는데?"

적이 마중 나온 군세를 보고 베르누크와 군사장인 카림은 머리를 맞댔다.

카림은 베르누크에게 매복계를 주장했다. 기사단장인 레너드로 하여금 산 오른편에 기사 다섯 명과 경기병 700을 배치하게 하고, 제이로 하여금 산 왼편에 기사 다섯 명과 경기병 700을 매복시키는 것이다.

그리고 아드리안 남작과 그의 기사 다섯 명, 살아남은 영지병 1천 명을 산의 초입에 매복시킨다. 그들의 임무는 자물쇠의 역할이다. 적을 완전히 끌어들였을 때 적의 퇴로를 차단하는 것이다.

그리고 베르누크가 직접 전 인원을 몰아 그들과 싸우는 척하다 짐짓 후퇴하여 대군을 산과 산의 중앙을 가로지르는 널찍한 산길로 유인하여 전멸시킨다는 것이다.

작전이 결정 나자 레너드와 제이는 각각 기사 다섯 명과 경기병 700을 거느리고 지정된 곳으로 이동했다. 물론 그들의 옆에는 당연히 현자의 탑 소속 군사들이 있었다. 통신을 위한 마법사도 있었다.

그들이 밤을 이용해 작전 지역으로 이동했다. 아침이 되어 용병들과 병사들에게 든든하게 밥을 먹인 후 그들을 몰아 서서히 적이 진형을 펼친 곳으로 다가갔다.

적들은 베르누크가 이끄는 부대가 용병부대인 것을 단박에 알아보고 항상 그랬던 것처럼 작전이고 자시고 없이 그대로 일만의 대병력이 진격해 왔다.

양 군이 부딪치자 베르누크는 한바탕 호기롭게 싸우는 체하다가 중과부적이라는 듯 말 머리를 돌려 달아나기 시작했다.

당연한 일이다. 적들은 그리 생각했다. 여태 내통하던 적들과 그렇게 해왔으니 말이다. 물론 조금 더 빨리 말 머리를 돌리고 남은 병력이 없는 것이 이상하기는 했지만 어차피 이기는 싸움, 신이 나서 쫓아오기 시작했다.

그러던 중 작전 지역의 중앙까지 적들이 밀고 들어오자 갑자기 베르누크는 말 머리를 돌려 세웠다. 순간 산의 좌우에서 레너드와 제이가 일제히 거병하여 함성을 지르며 허리를 끊어버렸다.

레너드와 제이, 그리고 기사들과 경기병들은 미친 듯이 말을 몰았다. 그들은 그야말로 무인지경이었다. 승리감에 도취하여 무작정 뒤를 쫓던 이들은 갑작스레 당한 일에 당황하여 손발이 어지러워졌다.

비록 일만이라는 대병력이라 하나 앞에서 들이치고 좌우의 허리가 잘리자 적들은 혼비백산하여 무기를 버리고 뒤도 돌아보지 않고 전장을 이탈했다.

하지만 베르누크의 병력은 용병은 용병대로 난전에 능했고, 경기병은 경기병대로 기동력이 대단하여 전장을 이탈하여 도망갈 수도 없었다. 거기에 후미를 잡고 있는 아드리안 남작에 의하여 적들은 그야말로 사면초가에 처했다.

적들은 베이고 밟히면서 일만 중 겨우 3,000~4,000의 인원만이 살아서 토성으로 도망칠 수 있었다. 대승이다. 겨우 5,300의 병력으로 적의 절반이나 되는 병력에 승리한 것이다.

그 후 적들은 토성의 문을 꼭 닫은 채 밖으로 나오지 않았다. 첫날의 패배가 너무나 크고 쓰라린 탓이다. 그리고 그들에게 베르누크와 레너드, 제이는 이미 공포의 대상이 되어 있었다.

"작전을 바꿔야겠어."

토성의 문을 맘에 안 든다는 듯 쳐다보던 베르누크가 툭 내뱉었다. 옆에 있던 레너드가 눈빛으로 묻기도 전에, 그가 먼저 행동했다.

베르누크가 정한 작전은 장군전.

그전에 놈들이 장군전에 응하도록 하기 위하여 베르누크는 도발을 감행했다. 토성의 1킬로미터 지점까지 전진하여 진채를 세우고, 입이 걸걸한 기사나 용병을 시켜 토성을 향해 육두문자를 거침없이 날리기 시작했다.

때로는 엉덩이를 까 보여주며 놀렸고, 때로는 토성을 점령하고 있는 장수들을 쥐새끼에 빗대어 욕을 했다.

그것은 처음에는 잘 먹혀들었다. 하지만 그것도 한두 번이지 나중에는 적들도 무대응으로 대응했다.

"거참, 저것들이 도대체 나오질 않네."

베르누크는 입맛을 다시며 전고를 울려 장군전을 위해 말을 타고 적을 비난하고 있던 기사를 귀환케 했다.

어떻게 하는 것이 좋을지 고민하고 있던 베르누크에게 낭보가 날아든 것이 바로 그때였다.

"조금 전 셀브린으로부터 인편이 도착했습니다."

전령이 다가와 군례를 절도있게 올린 다음 말했다.

"좋은 내용인가?"

"토성에서 군사로 있는 자가 댄 클라크 경과 잘 아는 동향 친구라 합니다."

"호오, 그래서?"

"성문을 열 수 있을 듯합니다."

처음에는 맘에 안 들었으나, 한번 주군으로 자신을 받아들이더니 댄 클라크는 그 어떤 기사보다 충직하게 따랐다. 그 충심을 알고 이미 맘을 내준 부하이기에, 베르누크는 기쁘게 고개를 끄덕였다.

"오랜만에 댄의 활약을 좀 기대해도 되겠군."

CHAPTER
03

토성 함락

Knight King

댄이 토성을 지키고 있는 농민군의 군사로 있는 체임에 대해 알게 된 것은 진정 우연이었다.

토성에 있는 자들과 크레이지 울프 용병단과는 상당히 긴밀한 관계를 유지하고 있었다. 때문에 크레이지 울프 용병단이 토성을 방문했을 경우 방문자의 대표가 반드시 토성의 군장과 군사에게 인사치레를 했다.

"어? 자네 혹시……."

댄이 먼저 물었다. 그에 체임이 약간의 멋쩍은 웃음을 지으며 고개를 끄덕였다.

"맞구나. 맞아. 체임 바이스만. 정말 오랜만이구나."

댄이 그렇게 말을 하자 둘의 관계에 의문이 생긴 우군장 쇼클레이가 체임에게 고개를 돌려 물었다.

"누군가?"

"아! 저의 어렸을 적 고향 친구입니다. 기사가 되겠다고 하더니 크레이지 울프 용병단 소속의 용병이 되었나 봅니다."

"하하하. 그러한가?"

담대하게 웃는 토성의 우군장인 쇼클레이였다.

"오랜만에 친구를 만났는데 저녁에 둘이 회포나 풀도록 하게. 아무리 전장이지만 몇십 년 만에, 그것도 우군으로 만난 친구를 그냥 보낼 수는 없지 않은가?"

우군장 쇼클레이의 말에 댄은 대뜸 나서 그 말을 받았다.

"그리해 주시면 고맙지요. 너무 오랜만이라 하고 싶은 말이 많으니 말입니다."

댄의 그 말에 체임은 고개를 갸웃하고, 쇼클레이는 고개를 끄덕였다. 체임에게 느껴지는 감정은 오랜만에 만난 친구로서의 감정이 아니었다. 물론 그것도 포함되겠지만 그뿐만은 아니라는 것을 알 수 있었다.

그에 체임도 고개를 끄덕였다. 적이 아닌 우군이라면 당연히 할 말도, 전할 말도 많을 것이다. 그렇게 받아들이고 싶었다.

그래서 지금 체임의 앞에는 댄이 술잔을 돌리면서 무언가 할 말이 있다는 표정을 짓고 있었다.

체임은 댄이 자신에게 하고픈 말은 따로 있음을 알았다.

"그래, 나에게 하고 싶은 말이 뭔가?"

체임의 말에 댄은 손에서 빙글빙글 돌리던 술잔을 조용히 내려놓았다. 댄은 체임을 똑바로 바라보며, 의미심장하고 진중한 목소리로 말했다.

"단도직입적으로 말하지. 우리 영지로 오게."

"영지? 자네… 용병이 아니로군."

"맞네."

"나를 회유할 작정인가? 저 더러운 귀족 놈들의 앞잡이가 되어서?"

댄의 고향 친구 체임 바이스만은 무섭게 자신 앞에 있는 오랜 불알친구를 쏘아보았다. 적이 되어버린 친구. 너무나 각별했던 친구이기에 그 배신감은 더할 수 없이 컸다.

"우리 영지에는 농노가 없네."

"……."

"우리 영지에는 노예도 없지."

"……."

"또한 우리 영지의 기사는 평민 출신 용병이 대부분이고 몇몇은 노예 출신도 있지."

"지금 무슨 말을 하는 겐가?"

"우리 영지에는 시궁창 같은 곳도 없고, 겨울에 바람이 들이치고 여름에 비가 들이치는 그러한 집도 없네. 겨울에는 따뜻한 물이 나오고 여름에는 시원한 물이 나오지."

"있을 수 없는 일!"

"우리 영지에는 상하수도라는 것이 있어 오물에 질퍽거리는 거리는 볼 수 없다네. 그리고 농지는 체스 판처럼 정렬되어 있고, 수로에는 풍부한 물이 흐르지."

"······."

"우리 영지에는 세금이 1할이네. 물건을 사고파는 상행위를 할 시에 붙는 세금이 1할이네. 집을 사면 세금이 1할 5푼이네."

"이상향이로군."

"우리 영지네."

"······."

댄의 말에 눈이 파르르 떨리는 체임이다. 자신이 꿈꾸던 곳이다. 있을 수 없다 치부하던 이상향이다. 그래도 그 이상향이라는 꿈을 실현해 보기 위해 농민군에 가담했다.

하지만 처음의 그 자세는 온데간데없고 지금은 평민에게 원성을 듣는 도적떼가 되어버린 농민군이다. 처음에는 도와주려 했고, 실제 도왔으며, 귀천에 상관없이 어울렸다.

한데 지금은 약탈했다. 파괴했다. 귀천은 어느새 정착이 되어버렸고, 윗대가리들은 귀족놀음에 빠져 헤어날 줄 모르고 있다. 그래도 어떻게든 바꿔보려 노력했지만 한 사람이 바꿀 수 있는 것은 한계가 있었다.

"처음부터 의도적이었던가?"

체임의 목소리가 많이 누그러졌다. 아니, 조금 떨리고 있었다.

"아니, 그렇지는 않았네. 하지만 모종의 작전으로 이곳에 온 후 저잣거리에서 자네를 보았네. 자네가 있을 자리는 이곳이 아니라는 것을 내 알기에 이리 들른 것이네."

"내가… 자네를 잡을 수도 있을진대."

"그러면 내 믿음과 눈이 틀렸음을 탓할밖에 없지."

"생각할 시간을 주게."

"그러지. 하이론을 아나?"

"알지. 그 친구도 같이 있나?"

"나보다 먼저 거기에 있더군. 난 처음 그곳에 거만한 태도로 갔다가 영주님에게 혼쭐이 났지. 어디서 귀족놀음이냐고. 7일간 무릎 꿇고 빈 끝에 기사가 되었네."

"……."

오랜 친구가 문을 열고 나가자 그저 멍하니 그의 등과 닫힌 문을 바라보는 체임이다. 무엇을 위해 살아왔던가. 제국의 트

란셀로 아카데미를 다니면서 평민이라는 이유로 지독히도 괴롭힘을 당하면서도 꿈은 잃지 않았다.

자신 혼자서라도 바꿀 수 있으면 바꾸겠다고 다짐에 다짐을 했다. 하지만 소도 비빌 언덕이 있어야 한다고 누가 그러던가. 힘없는 자의 정의는 그저 나약한 자의 몸부림일 뿐이었다.

그리고 최근에 또 하나 깨달은 것이 있다면 정의는 타협이나 구걸로 얻어지는 것이 아니라는 것이다.

체임은 창가로 다가갔다. 그리고 커튼을 열고 창문을 열어 가을의 시원한 밤바람을 맞으며 하늘을 바라보았다.

댄이나 하이론 모두 헤어질 당시엔 용병이었지만 용병으로 썩기에는 아까운 인재들이다. 특히나 하이론 같은 경우는 용병으로서도 상당한 명성을 가지고 있었으니 말이다.

그리고 둘 다 사람 보는 눈이 특출 났던 기억이 난다. 그들과 지냈던 어렸을 적을 생각하니 절로 입가에 웃음이 그려지는 체임이다.

"그래, 뭐, 어렸을 적 친구들과 같은 곳을 바라보며 같은 꿈을 꾸는 것도 괜찮겠지."

체임은 스스로 중대한 결단을 내렸다.

"밖에 누구 있나?"

그의 부름에 밖에 대기하고 있던 병사가 들어왔다.

"예, 무슨 하명하실 일이라도?"

"방금 방에서 나간 용병을 불러오게. 오랜만에 만난 친구인데 그냥 보내기 섭섭하구만."

"알겠습니다."

"아, 그리고 그 친구에게 이것도 좀 전해주게."

"알겠습니다."

사내가 나가는 보고 체임은 창문을 향해 걸어갔다. 그의 표정은 오랜만에 아주 평온해 보였다. 어떤 설렘 때문인지 모르나 그의 얼굴은 살짝 상기되어 있음이 분명했다.

*　　　*　　　*

"작전에 응했습니다."

"그래? 그럼 슬슬 준비하도록 하지."

"명!"

베르누크가 꾸린 진채가 부산하게 움직였다. 평소보다 조금 일찍 밥을 해먹었고, 여기저기 병장기와 군마를 움직이는 모습이 보였다. 그리고 막사를 해체하는 이들도 보였다.

토성에서 그러한 용병들의 진채를 바라보던 우군장 쇼클레이는 그 점이 몹시 궁금했다. 대체 무슨 일인데 평소와 다른 행동을 보이는지 말이다. 그 궁금함을 옆에 대기하고 있던 군사에게 물었다.

"아마 늦은 밤을 이용하여 후퇴할 모양입니다."

"후퇴한다고? 연유를 알 수 없군."

"그럴 수밖에요. 몇 번을 두드려도 반응조차 없고, 용병군이라 군수 지원은 시원치 않으니 버틸 수 있는 역량이 모자랍니다. 아무리 초반에 승기를 잡았다 하지만 아직까지 본성에는 일만 삼천이라는 병력이 있습니다. 오천으로 감당하기에는 버거운 숫자입니다. 하니 후퇴를 결정한 것일 겝니다. 하지만 벌건 대낮에 후퇴하기에는 우리에게 뒤를 밟힐 가능성이 있으니 늦은 밤을 이용해 퇴각할 요량인 것입니다."

군사인 체임의 말에 무릎을 치며 감탄하는 쇼클레이였다.

"과연! 그러면 우리는 어찌하면 좋겠나?"

"군사 3천을 적 후방으로 이동시켜 퇴로를 차단하고 군사 5천을 저들이 잠을 자는 야음을 틈타 협공을 통한 기습을 한다면 충분한 승산이 있을 것입니다."

"하면 토성은 어찌하나?"

"그렇다 해도 토성에는 4천의 병력이 있습니다. 그들이 토성을 점령하기에는 역부족입니다."

"그렇군. 그래. 당장 준비해서 퇴로를 차단할 병사를 보내게."

"알겠습니다."

어둠을 틈타 산을 넘고 있는 일단의 병력이 있었다. 레드 문이 뜨지 않은 밤에다 은밀함을 요하는 작전인지라 횃불조 차도 켤 수 없어 그 움직임은 더디기만 했다.

조심한다고는 했으나 이런 어두운 밤에 조심이라는 것이 어디 가당키나 하겠는가? 여기저기서 적잖은 소음이 터져 나 왔다. 게다가 소곤소곤 속삭이는 말까지. 한마디로 개판이라 는 말이다.

"조용하지 못하겠느냐? 어서 움직여라! 어서! 새벽녘이 되 기 전에 도착해야 한다!"

"나 원 참! 이 달도 뜨지 않은 밤에 횃불도 없이 움직이는 것도 힘들어 죽겠는데 소리를 내지 말라니, 대체 뭘 하자는 거야?"

"어이고, 제 놈 목소리가 더 쩌렁쩌렁 울리는구만, 뭐."

대장의 다그침에 여기저기서 불평이 쏟아져 나온다. 이미 해이해질 대로 해이해진 군기다. 그러한 그들을 조용히 지켜 보는 자들이 있었다. 바로 베르누크였다.

정면을 베르누크가, 우측을 레너드가, 좌측을 제이가, 배후 는 그들이 성문을 나서는 순간부터 아드리안 남작이 멀찍이 서 따르고 있었다. 완전하게 사방을 막고 포위한 형국이다.

베르누크는 손에 투창을 들었다. 거의 2미터는 됨 직한 투창이다. 그리고 그들의 선두가 어느 정도 거리까지 다가오자 투창을 있는 힘껏 적장의 가슴을 향해 던졌다.

쉬이이익! 투콱!

"커헉!"

"저, 적이닷!"

"쳐라!"

"우와아!"

사방에서 기사들과 경기병, 그리고 용병들이 적들을 향해 내달렸다. 화살이 날았고, 투창이 날았으며, 손도끼가 날았다. 불과 몇 백 미터도 되지 않을 간격은 순식간에 좁혀들었다.

투창을 던져 적장을 죽인 후 그림같이 빠르게 적진으로 내달려 적장의 목을 베어 할버드의 끝에 꽂아 적들을 향해 외쳤다.

"너희의 대장은 죽었다! 또한 너희는 포위되었다! 항복하면 살려준다!"

"헛소리!"

촤라라락!

"커헉!"

베르누크의 외침에 헛소리라고 외치던 적장의 목이 두둥실 떠올랐다. 어느새 적을 이등분해 버린 레너드와 제이가 그의 곁에 서 있었다. 그리고 후미에서는 거센 함성이 일어나며 아드리안 남작이 풀 베듯이 농민군을 베어 넘겼다.

"하, 항복이오!"

"항복!"

여기저기서 항복하겠다는 말이 튀어나왔다. 자신들을 이끌 대장 두 명이 모두 죽어 나자빠졌다. 한 명은 개전 초기에 투창에 가슴이 뻥 뚫려 죽었고, 한 명의 별 희한한 검에 목이 터져 죽었다.

거기다 사방을 둘러보니 흉흉하기 이를 데 없는 병장기를 들고 마치 풀을 베어 넘기듯 도륙하며 다가오고 있는 경기병 들과 기사들까지.

한 명이 항복을 하니 마치 도미노처럼 연달아 항복해 왔다.

개전해서 불과 30분도 안 돼서 3천의 농민군에게 항복을 받았다. 죽은 사람은 별로 없었다. 그 이유는 달도 없는 야밤 이라는 장점 덕택이다. 사방에서 들이치기는 했으나 그 수는 고작 2천 정도다.

우레 같은 소리는 밤에 더욱 울려 퍼지고 시야가 제한된다 는 장점을 이용해 자신들보다 배는 더 많게 꾸민 것이다. 군 사장인 카림의 노림수였던 것이다. 그리고 이곳의 전투가 신 속하고 피해없이 끝날수록 좋았다.

이미 적의 작전을 손금 보듯이 들여다보고 있는 카림이다.

지금쯤 야습을 준비하고 있는 적들은 후방에서 불화살을 이용한 신호가 오기를 고대하고 있을 것이다.

"아직 신호가 없는 것인가?"
"시간이 좀 걸리지 않겠습니까?"
"하긴 레드 문도 뜨지 않은 밤이니."
"그렇다 하더라도 정해진 시간이 되려면 아직 한 시간 정도의 여유가 있습니다."
적들의 진채 가까이에서 몸을 숨기고 있던 쇼클레이는 초조한 듯이 옆의 장수에게 물었다. 옆의 장수 역시 초조하기는 마찬가지지만 이변이 없는 한 확실한 작전인지라 그리 걱정하지는 않는 모습이다.
그렇게 한참을 기다림에 지쳐 두런두런 이야기를 하고 있는 동안 적 진채의 후방에서 불화살이 하늘 높이 솟아올랐다.
"불화살이 올랐습니다."
"되었다. 공격하라!"
"우와아아!"
곳곳에 화톳불이 타올라 진채를 밝히고 있고, 내일 퇴각이라서 그러한지 경계 병력마저 보이지 않았다. 일거에 몸을 일으켜 막사로 짓쳐들었다. 하지만 진채에는 개미 새끼 한 마리 없었다.

"엇! 이건?"

"하, 함정입니다."

"후퇴하라! 후퇴하라!"

"우와아아!"

사방에서 함성이 일었다. 용병군의 진채에 타오르던 불이 이곳저곳에 옮겨 붙어 진채를 환하게 밝히고 있었다.

전면에서는 베르누크가 거대한 할버드를 휘두르며 거세게 쇄도했다. 좌측 산 위에서는 레너드가 3미터의 연검을 휘두르며 경기병을 선두로 용병군을 이끌었고, 우측의 마른 수풀 지형에서는 어떻게 숨어 있었는지 거대한 덩치를 자랑하는 제이가 무시무시한 파공성을 일으키며 측면을 강타했다.

쇼클레이는 호위대와 함께 급히 말 머리를 돌려 후방으로 달아났으나 그곳이라고 안전한 것은 아니었다. 아드리안 남작과 에르빈 롬멜 경이 풀을 베듯 농민군을 베어 넘기고 있었기 때문이다.

"장군, 사방이 적입니다. 제가 앞장설 터이니 저를 따르시지요."

"오~ 그래, 내 그대만 믿네."

농민군의 수장인 쇼클레이를 호위하는 호위대 대장으로 있는 제이바딘이라는 자였다. 성정이 폭급하고 자랑하기를 좋아하는 자이나 타고난 완력이 대단하여 호위대의 대장으로 있는 자였다.

"이놈들, 비켜라!"

까가가강!

"커헉!"

양손대검을 마치 한손검 다루듯 다루며 길을 여는 제이바딘이다. 호위대 역시 살아남고자 농민군의 수장을 호위하며 이리 치고 저리 치며 길을 넓게 열고자 하니 그들이 가는 곳에는 용병들의 시체가 쌓이기 시작했다.

쐐에에엑!

카앙!

"컵!"

한순간 움찔하며 주춤하는 제이바딘이었다. 급박하게 쳐내기는 했으나 손목에 전해지는 느낌이 서늘하기 이를 데 없다.

"누구냐!"

"나다!"

"누구?"

제이바딘이 상대를 찾기 위해 좌우를 둘러보다 뒤에서 들리는 소리를 듣고 급히 대검을 한손으로 휘두르며 말을 한쪽 편으로 몰아 자리를 이탈했다. 그리고 적을 바라보니 마치 오우거를 보는 듯했다.

"이름을 밝혀라!"

"제이 브레이커!"

"들어보지도 못한 이름이로군."

"상관없다."

"이익!"

이미 농민군의 수장인 쇼클레이가 멀찌감치 도망간 것을 확인한 제이바딘은 대검을 한 손으로 휘두르며 제이를 압박해 들어갔다. 하지만 신장과 병기 차이 탓에 얼마 가지 못하고 검이 막히고 말았다.

카앙!

"이런, 젠장!"

쉬아아악!

"헙!"

쿠와아앙!

검격이 막혀 육두문자를 외치는 순간 미친 듯이 경종을 울리는 감각에 고개를 숙이자 머리카락을 자르며 땅에 부딪치는 쇠몽둥이다. 흙의 파편이 얼굴에 후두두 떨어졌다.

"퉤!"

퍼억!

"끄억!"

입에 튀어 들어온 흙을 뱉는 순간 등에서 후끈한 감각이 돋아났다. 마치 척추가 완전 박살 나는 듯한 그러한 감각. 숙인 상태 그대로 말에서 떨어져 내리는 그의 눈에는 '왜지?' 하는 의문이 가득하다.

"저, 저놈이!"

도망을 가면서도 그나마 자신에게 충성스럽던 제이바딘이 죽어 넘어지자 할 말을 잃어버린 쇼클레이였다. 그러면서도 그는 여전히 토성을 향해 말을 몰고 있었다. 그리고 토성 앞에 이르러 명했다.

"우군장 쇼클레이다! 어서 성문을 내려라!"

"아니, 아직 전투 중인데 어찌 벌써 오셨소?"

"말이 많구나! 치도곤을 내기 전에 어서 성문을 내려라!"

"어허! 잠시만 기다리시오. 보고는 해야 할 것 아니오."

병사의 말에 긴 한숨을 내쉬는 쇼클레이였다. 끔찍했다. 자신은 빠져나왔지만 자신의 좌장격인 호위대장 제이바딘이 죽었고, 호위대 50 중 살아남은 자는 겨우 20에 불과했다.

그런데 한참을 기다려도 성문이 내려올 기미가 보이지 않았다. 짜증이 나 토성 위를 쳐다보았다. 그 위에는 군사인 체임이 자신을 내려다보고 있었다.

"오~ 군사가 아니오. 어서 성문을 내리시오. 곧 적이 들이닥칠 것이오."

"곧 적이 들이닥치는데 어찌 성문을 내릴 수 있단 말입니까?"

"아니, 그게 무슨 말이오?"

"적들이 들이닥치는데 성문을 열었다가 적들이 성문을 통해 들어오면 어떡하란 말입니까?"

"아니, 나는 들어가야 하잖소. 그 정도 시간은 충분하오."

"하면 장군 뒤에 보이는 이들은 대체 무엇입니까?"

"무슨… 허억!"

쇼클레이는 뒤를 보며 기겁할 수밖에 없었다. 5천의 병사가 전멸했는지 적 병력이 말을 몰아 서서히 다가오고 있었기 때문이다.

"어서, 어서 문을 여시오. 제발."

"그럴 수는 없소."

"네, 네놈! 어서 문을 열지 못하겠느냐?"

슈웅!

파바밧!

순간 성루에서 빗살 같은 것이 쏟아지며 쇼클레이의 발치에 떨어졌다.

"나는 아이젠 남작가의 기사 댄 클라크라 한다."

그 순간 어떻게 된 사정인지 알게 된 쇼클레이는 노발대발하며 성루에서 자신을 내려다보고 있는 체임에 육두문자를 내뱉었다.

"개자식! 우와악! 주, 죽여 버리겠다!"

발악을 하는 그의 목에 어느 순간 차가운 감각이 와 닿았다. 쇼클레이가 움찔하며 목을 바라보았다. 무겁고 거무튀튀하며 금방이라도 자신의 목을 꿰뚫어 버릴 것 같은 날카로움을 지닌 무기가 그곳에 있었다.

무기를 따라 시선을 옮기니 그곳에는 한 명이 사내가 서 있었다.

"항복하겠나?"

그제야 정신이 든 쇼클레이는 파르르 떨리는 눈동자를 굴려 주변을 흘깃거렸다. 어느새 호위대는 모두 피를 토하며 죽어 있었다. 언제 죽었는지 쇼클레이로서는 알 수가 없었다.

"항복하겠소!"

"버려!"

툭!

"우와아아! 이겼다!"

그의 검이 바닥에 떨어지자 뒤에서 그것을 바라보고 있던 용병군은 크게 함성을 지르며 승리를 자축했다.

실로 숨 가쁘게 이어진 토성의 공방전이 드디어 끝을 알렸다. 그와 함께 단단하게 닫혀 있던 토성의 문이 무거운 소리를 내며 내려왔다.

그그그그궁!

토성을 견제하기 위해 주둔지를 나선 지 불과 일주일만의 성과다. 그저 견제만 하라고 했지만 성이 차지 않은 베르누크는 출혈을 최대한 억제하면서 아예 토성을 점령해 버린 것이다.

그것도 벌건 대낮에 이루어지지 않아서 그 누구도 알 수 없었다. 깊고 깊은 심야에 이루어진 일이니까. 역시 역사는 밤에 이루어지는 것이다. 농민군의 본성인 아이반 성에서도 별로 의심하지 않을 것이다.

왜냐고? 수적으로 네 배나 많으니까.

단 일주일 만에 네 배의 숫자가 전멸할 리는 없으니까 말이다. 물론 상식적인 생각에서 그렇다는 말이다. 베르누크가 그런 상식을 무시하는 인물임을 모르니까 하는 말이다.

*   *   *

다음 날.

"용병들에게는 전장을 정리하라 시켰습니다."

전장을 정리하는 것은 용병들의 몫이다. 아무리 부식을 준다 하여도 기본적으로 무기라든가 방어구는 용병들 스스로 해결해야 한다. 일당도 별로인데 그런 것까지 스스로 해결해야 한다면 전투를 하기 전에 모두 도망갈 것이다.

한데 도망가지 않는 이유는 이런 전투 뒤에 있는 전장 정리에 있다. 죽은 자들은 돈을 남기고, 무기를 남기며, 방어구를 남긴다. 그것을 깔끔하게 거둬들이고 서로 분배하는 것이 바로 용병들이다.

일부 귀족들은 비귀족적이라는 연유로 그러한 것을 금지하지만 굳이 그럴 필요성을 못 느낀 베르누크는 그것을 인정했다. 용병에게는 용병의 법이 있는 것이다. 그것이 아무리 미개할지라도 말이다.

용병들이 신나게 전리품을 수거 중이던 그때, 베르누크는 자신의 막사에서 한 명의 조력자를 만나고 있었다.

"경이 클라크 경의 친우라고?"

"그렇습니다."

"쯧. 제국이 여러 사람 잡는 모양이구만. 경 같은 인재를 버리다니."

그는 클라크 경의 친우이자 토성의 문을 안쪽에서 열어준 체임이었다. 이미 클라크 경을 통해 체임이 반란군의 행태에 염증을 내고 있음을 알고 있기에, 베르누크는 그의 배신을 기껍게 생각하고 있었다.

"제가 남작님의 밑으로 들 수 있겠습니까?"

"두 팔 벌려 환영하는 바이네."

"감사합니다, 주군."

이렇게 또 한 명의 군사가 들어왔다. 베르누크가 보기에 그는 전장을 지휘하는 군사라기보다는 오히려 영지의 안정과 행정적인 업무에 능한 현자 스타일의 군사였다. 물론 그것은 활용하기 나름일 것이다.

베르누크는 흡족한 얼굴로 막사 안의 좌중을 둘러보았다. 이번 전쟁으로 쓸어 담은 인재가 꽤나 마음에 들었다. 에르빈 롬멜도 그렇고 체임 바이스만도 그렇다. 물론 될 수 있으면 애버튼 아드리안 남작도 수하로 두고 싶지만 그것은 욕심인 듯해서 적당한 거리를 두고 있다.

거기에 하나 더하자면 용병들의 마음을 얻었다는 것이다. 물론 겨우 4천 3백 정도밖에 되지 않는 용병이지만 세상의 소문을 지배하는 것이 바로 용병인 것을 보면 용병들의 마음을 얻었다는 것은 상당히 중요한 전략적 무기가 될 수 있었다.

어찌 되었든 지금은 토성을 점령한 후 이 토성의 활용 방안과 함께 향후 행보에 대하여 심각하게 고려해 보아야 할 때다.

이번 승리가 분명 큰 승리다. 하지만 귀족들이 이런 승리를 가만히 두고 볼까?

가만있지 않을 것이다. 머리에 똥만 들었어도 사람 하나 협잡하는 데는 비상하게 돌아가는 귀족들이니 말이다. 그래서 대책이 필요하다. 그리고 그 대책을 만들기 위해 여기에 모인 것이다.

"병력 손실은?"

베르누크의 물음에 카림이 대답했다.

"용병군은 1,023명의 사망자가 발생했습니다. 부상자는 경상 549명, 중상 301명입니다. 아드리안 남작님과 그 영지군은 사망자 9명입니다."

"경상자는 조속히 치료하도록 하고 중상자는 경과를 봐서 위로금을 전달해. 아니면 우리 영지로 보내든지."

"알겠습니다. 그럼 계속하겠습니다. 영지군 병력은 별다른 사망자 없이 그저 경상자만 조금 있을 뿐입니다. 그리고 포로로 잡힌 병력은 대략 10,000명 정도로, 중상자는 없고 대부분 경상자입니다."

"그들을 어찌 처리했으면 좋겠나?"

"영지민으로 받아들일 작정입니다. 물론 스스로의 의향에 따라 결정될 사항합니다."

"그래, 그렇게 해. 어쨌든 아군이 부상이 별로 없다니 다행이군."

손을 활짝 벌리며 정말 다행이라는 듯이 가슴을 쓸어내리는 베르누크였다. 일말의 걱정이었으나 경기병들이나 기사들은 쉽게 죽을 수 없었다. 오우거 가죽으로 만든 레더 메일이 어디 웬만한 칼에 흠집이나 나겠는가 말이다.

기사들 또한 경량화 마법과 함께 마탑주가 특별히 강화 마법을 걸어주어 오러 얀이 아니고는 흠집조차 낼 수 없으니 당연한 것이라 할 것이다. 이 시대에는 아주 보기 드문 귀물로 몸을 치장하고 있는 기사와 경기병이었다.

하지만 아직 카림에 대한 베르누크의 질문은 끝나지 않았다.

"다행인 건 다행이고, 대책을 세워야 하지 않겠나?"

"가장 좋은 방법은 상단을 이용하는 방법입니다."

대답을 들은 베르누크가 고개를 끄덕였다.

"상단이라……. 혹시 조카의?"

"그렇습니다."

"좋은 생각이기는 한데……. 지금 상단주가 조카의 친구라고 했던가?"

"맞습니다. 패트릭 스웰던이라고 상당히 빠릿빠릿한 친구입니다."

"상단을 이용한다는 것은 귀족파와 대공파에 줄을 대는 것이겠지?"

"그렇습니다."

"마음에 들지는 않지만 현실이니 어쩔 수 없겠군. 하지만 여전히 마음에는 안 들어."

"오래가지는 않을 겁니다."

"그래서 더 마음에 안 드는 거야. 오래가지도 않을 놈들에게 돈을 처바른다는 게."

알고는 있지만 영 개운치 않다. 귀족을 막기 위해서 영지 개발하기도 빠듯한 재정으로 그들에게 돈을 바른다는 것이 말이다. 그것을 모를 리 없는 카림이다. 하지만 현실을 떠난 이상은 결코 성공을 거둘 수 없음도 안다.

"그래도 영주님께서 발명한 비누라는 것 덕택에 영지 재정이 상당히 양호한 것으로 알고 있습니다. 덕분에 제가 집사님이나 조카 분께 그리 많이 시달리지 않으니 말입니다."

비누 그놈이 효자는 효자였다. 아직 제국 전체에 많이 알려지지는 않았지만 귀부인들을 중심으로 알음알음 알려진 것이 상당해 중앙 귀족과 서부의 일부 귀족 부인에게는 상당히 고가의 사치품으로 알려진 탓이다.

물론 서민용도 만들기는 했지만 그것은 그저 영지 내에서이다. 다른 지역에 상행을 하자니 아직까지 그만큼을 커버할 능력도 안 되고 이 난리통에 비누라는 것을 사서 쓸 여력 있는 평민도 드물었다.

하지만 분명한 것은 귀족을 중심으로 그 소문이 널리 퍼지고 있는 상황이라는 것이다. 거기에 귀족들에게 파는 것은 고가로 책정된 관계로 상당한 이문을 남기고 있었다.

덕분에 영지의 사설 경매장과 함께 자금을 불러들이는 양

대 산맥을 형성하고 있는 비누였다. 그렇게 벌어들인 돈을 누구 똥구멍으로 밀어 넣으려니 배알이 꼴릴 뿐이다.

*   *   *

토성을 점령한 후속 조치는 빠르게 이루어졌다. 남은 시간은 겨우 일주일. 아직 본진에 이곳의 사정을 보고하지는 않았다. 그 말은 여전히 이 토성을 공략하기 위해 준비 중이라는 것이다.

해서 본래의 병력인 경기병과 기사들은 일부는 토성과 어느 정도 이격된 거리에서 여전히 진채를 구성하고 훈련에 매진하고 있었다. 용병들도 마찬가지고 말이다. 당연히 베르누크 역시 토성에 있지 않고 토성과 마주한 진채에 있었다.

토성은 새로 영입한 체임 바이스만에게 맡겼다. 그리고 기사 일부를 토성으로 들여 포로가 된 농민군을 분류하였다. 개인 의향에 따라 영지군으로 편입되고자 하는 자는 편입시켰고, 고향으로 가고자 하는 자는 농민군이 진압될 때까지 억류하였다.

아무리 여기에서는 절대 발설하지 않겠다고 맹세했다고 하지만 자신의 고향으로 가서는 또 달라질 수 있기 때문이다. 그것이 사람의 마음이다. 화장실 들어갈 때와 나올 때가 다르

듯이 말이다.

토성은 군사적인 개념으로는 요새라고 할 것이나 무려 2만이라는 숫자가 머물던 곳이라 요새라기보다는 성이라 해야 할 정도의 넓이를 자랑하고 있었다. 때문에 새로 영지군으로 편입된 자들을 충분히 훈련시킬 수 있었다.

이렇게 눈 가리고 아웅 할 수 있었던 결정적인 이유는 아마도 밀리예프 후작도 별로 크게 기대하고 있지 않았기 때문일 것이다. 작전에 대한 자율권을 준 것도 그것 때문일 것이고.

결국 알아서 잘 막으라는 것이다. 못 막으면 문책이고 잘 막으면 역할을 제대로 한 것이니 말이다.

사실 밀리예프 후작으로서는 5천이라는 용병이 별 의미가 없었다. 그 용병이 다 죽는다 해도 시간만 잘 끌어주면 그 역할을 한 것이니까 말이다.

그리고 결정적으로, 베르누크라는 북부 벽촌의 귀족에게도 약간의, 그러니까 손톱만큼의 기대를 거는 것일 수도 있었다.

애초에 큰 기대를 걸지 않고 있다는 것은 알고 있었다. 노회한 귀족의 감각으로 분명 필요하다 싶어 의형제를 맺었으나 한 번 쓰고 버려도 크게 문제되지 않는다는 것이 바로 밀리예프 후작의 내심일 것이다.

그러한 생각을 읽은 베르누크였기에 의형제를 맺었고, 그

의형제라는 것에 큰 의미를 두지 않았다. 일정 기간 동안 든든한 배경을 가질 수 있다는 것만을 염두에 둔 것이다.

"보고를 하지 않아도 되겠습니까?"

"뭐하러?"

"예?"

아드리안 남작의 물음에 대뜸 반문한 베르누크가 혀를 쯧쯧 차는 시늉을 하더니 말했다.

"아드리안 남작, 왜 우리가 여기에 와 있는지 잘 알고 있겠지요?"

"그렇습니다만."

"그들은 우리를 버리는 패로 쓴 겁니다. 버텨주면 그냥 역할을 잘해낸 것이고 다 죽어도 시간을 벌었으니 상관없고 말입니다."

"하지만 듣기로는 밀리예프 후작 각하와 의형제시라고……."

"밀리예프 후작이 왜 저와 의형제를 맺었다고 생각하십니까?"

"그야 뭐……."

베르누크의 물음에 딱히 대답할 말이 없다. 있다면 효용성이 있으니 그렇게 대우한 것 아니겠느냐 하는 생각뿐이다.

"생각하는 것이 맞을 겁니다. ‘나는 북부의 허접한 귀족과도 마음에 맞으면 의형제를 맺는다. 어떠냐, 나의 이런 대인배의 풍모가. 이런 대인인 나에게 몸과 마음을 바쳐 충성을 하는 것이 어떠하냐? 이런 것이죠. 그리고 그 대인배적인 풍모에 많은 귀족이 그의 아래로 몰려들었고, 지금에 와서는 자신에게 승리를 가져다줄 소모품이 된 것입니다. 그는 이미 저와 의형제를 맺을 때쯤 지금의 일쯤은 예상하고 있었던 것입니다."

"그의 그 노림수라는 것… 정말 무섭군요."

"그는 뛰어납니다. 뛰어나기 때문에 동부의 수호자라 불리는 것입니다. 제가 보기에 그는 호수에 발을 담그고 있는 백조와 같습니다. 고고하고 아름다운 그이지만 그 고고하고 아름다움을 지키기 위해 물밑에서는 그야말로 전쟁을 치르고 있지요."

"……."

"이대로가 좋습니다. 농민군의 우군 수장이 지키고 있는 본성을 칠 때까지 이렇게 있는 것이 좋습니다. 그리고 승리하면 이 사실을 알리고, 실패하면 입을 다물어야 하겠지요."

무어라 할 수 없을 정도로 복잡한 눈빛으로 베르누크를 바라보는 아드리안 남작이다. 설마 이 전쟁통에 그렇게나 깊이 생각하고 있을 줄은 몰랐다는 것에 대한 한심함과 그러한 의도를 꿰뚫고 있는 베르누크의 통찰력에 대한 무서움 때문이다.

아드리안 남작은 베르누크의 시선이 머무는 곳으로 고개를 돌렸다. 경기병과 기사들이 부연 먼지를 일으키며 훈련에 열중하고 있다. 진채 내의 용병들은 대와 오를 이루고 일정한 포메이션을 짰다가 흩어지는가 하면, 단병접전을 익히느라 창칼을 맞대고 땀을 흘리고 있다.

이곳뿐만이 아닐 것이다. 여기 없는 몇 명의 기사는 토성 안에 들어가 포로 중 영지군으로 편입되기를 원하는 자들을 훈련시키고 있을 것이다. 또한 성의 뒤편으로 나가 노획한 군마로 새로운 경기병을 육성하고 있을 것이다.

그렇게 하루하루가 흘러갔다.

베르누크는 잠시의 시간도 자리에 앉아 있지 않았다. 병사들의 훈련 상태를 확인하고, 기사들과 전술 훈련을 병행하였으며, 새로 편입된 병사들을 둘러보았다.

그리고 그 병사들 중에 쓸 만한 자들을 뽑아 기사로 삼거나 경기병으로 편입시켰다. 또한 대장장이였던 자는 대장장이로, 목수였던 자는 목수로 대우해 주었으며, 나름의 지식을 가지고 있는 자는 그 지식을 활용하도록 했다.

그중 눈에 뜨인 자가 몇 있으니, 기사로는 빌 더프라는 자로 나이 25세에 키가 175 정도였고, 기사의 변 때 변고를 당한 피에튼 더프 남작의 장남이다.

그는 장검과 방패를 잘 쓰고 몸이 빨랐다. 조금만 더 다듬는다면 일군의 장수로서 충분히 활용할 수 있는 자였다.

또 다른 한 명은 제이슨 챔버스라는 자로, 나이 26세에 농노였다. 키는 183 정도였고, 단단히 솟아오른 승모근과 반질한 대머리, 그리고 터프한 수염이 힘이 넘쳐 보였다.

그는 슬러지 해머를 주로 사용하였는데, 해머의 무게가 자그마치 20킬로그램이었다. 스스로는 잘 깨닫지 못하고 있으나 부하를 다루는 용인술이 대단하여 그가 속한 조는 목숨을 잃은 자가 드물었다 한다.

그리고 마법사와 군사의 재목이 있었는데, 드미트리 글레자코스라는 자는 1서클의 마법사였다. 중요한 것은 순전히 어깨너머로 배운 것이 1서클이라는 것이다.

단지 쓸 수 있는 마법도 없고 단순히 서클만 형성한 탓에 그저 농민군에서 검을 들고 싸우는 역할에 머물고 있다가, 우연히 베르누크가 픽업한 것이다.

그는 당장에 영지로 보내졌다. 그 또한 가족이 전란 중에 다 죽어서인지 굳이 고향으로 돌아가고 싶은 생각이 없었다. 그리고 무상으로 마법에 대한 것을 가르쳐 주겠다고 하자 흔쾌히 허락하고 그날 바로 아이젠 영지로 떠났다.

마지막으로 체임 바이스만의 추천으로 들인 군사로 레니

프리어스라는 자다. 그는 평민이었다. 특별히 아카데미를 다니거나 하지는 않았지만 비상한 머리를 지닌 천재였다.

체임 바이스만이 행정 방면으로 재능을 가진 군사였다면 레니 프리어스라는 자는 언변에 재능이 있었다. 그의 언변은 특이했다. 때로는 궤변이라는 것을 알면서도 고개를 끄덕이게 만드는 특별한 힘을 가지고 있었다.

그는 언변도 뛰어났지만 군사적인 지식도 뛰어났다. 바로 군사장으로 있는 카림처럼 말이다. 그를 픽업했을 때 가장 환호한 사람이 바로 카림이었다. 그를 향해 어디 있다 이제야 만났을까 하고 말할 정도였으니 말이다.

그렇게 짧은 기간임에도 불구하고 충실히 자신의 세력을 만들고 있는 동안 드디어 농민군의 좌군이 몰려 있는 클레임 성에 대한 공격이 시작되었다. 그와 맞추어 베르누크는 토성과 진채 간의 기동훈련을 실시했다.

멀리에서 본다면 인마가 함께 움직이며 부연 먼지를 일으키고 우레와 같은 함성에 대단한 접전을 벌이는 것 같았다.

그럴 수밖에 없는 것이, 이번 훈련에는 상금이 걸려 있었다.

1, 2골드가 아니라 500골드라는 어마어마한 상금이 말이다. 그러니 눈에 불을 켜고 훈련에 임하는 것이다. 물론 날을

세우지 않은 검과 날을 감춘 창이었지만 그렇다 하더라도 진정 전장과 다르지 않았다.

그렇게 베르누크가 아군을 기만하기 위한 작전을 수행할 때 밀리예프 후작은 성을 삼면으로 둘러싸 공성병기를 이용하여 선제공격을 가하고, 이어 시지 타워를 이용해 클레임 성으로 진격해 들어갔다.

좌우 토성으로 4만의 병력이 나갔다고는 하지만 여전히 클레임 성에는 20만이라는 대군이 있었다. 때문에 동서남북으로 각 5만을 배치하고 다가오는 중앙군을 향해 맹렬히 공격을 가했다.

하지만 밀리예프 후작의 병력도 만만치 않았다. 중앙으로부터 받은 10만의 병력과 개인적으로 2만의 병력을 더하고, 동부에서 모여든 귀족군까지 합하면 물경 30만에 이르는 대군이다.

그가 지금까지 클레임 성을 공략하지 않고 전선을 약간씩 뒤로 물린 이유가 바로 여기에 있었다. 자신의 울타리 아래로 모여든 귀족군을 기다린 것이다.

한 번이 어렵지 두 번은 쉽다. 이렇게 해서 농민군을 제압한다면 자신의 명성은 더욱더 높아질 것이고 자신의 휘하로 들어오려는 귀족들은 더욱더 많아질 것이다. 그것을 알고 있는 밀리예프 후작의 목소리는 전장을 쩌렁쩌렁 울렸다.

"발리스타 부대는 발리스타를 쏘아라!"

"트리뷰셋 부대는 트리뷰셋을 순차적으로 발사하라!"

"망고넬 부대는 사격을 개시하라!"

"성문을 돌파하라!"

"우와아아!"

밀리예프 후작의 명령에 수없이 많은 바윗덩어리가 클레임성으로 쏟아져 들어갔고, 적의 화살을 파비스(길이는 1~1.5미터, 무게는 4~8킬로그램 정도)라는 방패로 위와 전면을 막고 공성추를 밀며 성문을 향해 돌진했다.

"화살을 쏴라! 화살을 쏘란 말이다!"

"돌을 던져! 아니, 돌을 더 가져와!"

"끓는 물을 부어라!"

"사다리를 밀어! 적이 접근하지 못하게 하라!"

수성을 하고 있는 농민군 역시 바쁘기는 매한가지였다. 근래에 보기 드문 거센 공격이다. 아니, 한 번도 이런 공격은 없었다. 모든 공성병기가 동원되었고, 사다리는 물론 공성탑까지 동원되었다.

지금껏 성의없이 한 곳만 그렇게 두드리는 것이 아니라 성문 네 곳을 모두 한꺼번에 공격해 들어오고 있다. 병력수는 비슷했지만 공성병기에 방어구와 무기가 충실한 귀족군에 비할 바는 못 되었다.

"마법사! 마법사는 어디 있느냐! 좌군과 우군은 도대체 왜 움직이지 않는 것이냐!."

농민군의 우군 수장인 에인리히 레이백은 분노에 차서 주먹을 내지르며 외쳤다. 다른 전투를 지원하던 마법사들은 그런 에인리히 레이백이 있는 성루에 도착에 마법 스펠을 영창하고 있었다.

"타올라라! 마나의 힘이여! 모여들어 그 모습을 보여라! 뜨거운 불꽃! 파이어 볼(Fire Ball)!"

"타오르는 마나의 힘이여! 의지로 명하노니 적을 불태워라! 터지는 불덩어리! 파이어 버스트(Fire Burst)!"

마법사가 몇 되지 않는지 저서클의 마법이 에인리히 레이백의 주변에서 성문으로 들이닥치고 있는 공성추를 향해 날아가고 있다. 저서클이라고는 하지만 엄연한 대량 살상이 가능한 마법이다.

이에 귀족군은 우왕좌왕하고 있었으나 밀리예프 후작은 차분하게 궁수와 마법사를 불러 불덩어리가 날아온 성루를 향해 일제히 사격을 개시했다. 화살이 비 오듯이 쏟아져 내렸고, 불덩이가 여기저기서 터지며 비명 소리와 매캐한 연기가 솟아올랐다.

전쟁은 원래 그런 것이라는 듯 밀리예프 후작은 작정하고 전진을 명했고, 귀족들은 이 기회에 확실히 그에게 눈도장을 찍고자 병사들을 몰아붙였다.

공성전은 새벽 나절 시작하여 다음 날 정오까지 하루 반나절을 계속되었다.

결국 물량과 함께 수많은 마법과 기사를 쏟아부은 끝에 농민군 좌군은 패퇴하고 우군장 에인리히 레이백은 소수의 병력과 함께 퇴성하였다.

중앙에서 내려 보낸 중군, 좌군, 우군 중 가장 먼저 농민군의 세력을 제압하게 된 밀리예프 후작이었다.

그 의미는 상당히 큰 것인데, 대공파도 귀족파도 아닌 중립이라고는 하지만 황제에게 충성하는 밀리예프 후작이 가장 먼저 적을 패퇴시켰기 때문이다.

그에 동부의 귀족들은 더욱 그를 정점으로 하여 단단히 뭉치게 되는 계기를 마련하였고, 중앙에 당당하게 큰소리를 낼 수 있는 여건을 마련한 것이라고 할 수 있었다.

CHAPTER
04

아 인 스 쿠 나 산 전 투

Knight King

농민군의 우군이 무너졌다. 우군의 군장인 에인리히 레이백은 농민군을 실질적으로 이끌고 있는 메르힌 에레보스탄이 있는 베들란 성으로 도망쳤다. 베들란 성은 남부와 중부를 잇는 관문과 같은 곳에 있었다.

에인리히 레이백이 패전한 것이 신호탄이 되었던지 시종일관 뒤로 밀리기만 하던 제국의 우군 역시 농민군 좌군과 치열한 공방전을 벌이기 시작했다. 그 끝에 급기야 농민군을 돈좌시키더니 이내 크레이튼 에이브라암스 백작이라 알려진 걸출한 영웅이 나타나 전세를 역전하고 있었다.

농민군은 치고 올라가던 시간보다 더 빠르게 패퇴하여 남부의 중간 지점인 크립톤 성까지 밀려 내려갔다.

결국은 크레이튼 에이브라암스 백작이 농민 좌군의 수장인 카일란 글로비스의 목을 자름으로써 농민군에게 심대한 타격을 주었다.

그들은 동부의 밀리예프 후작과 같이 남은 잔당을 쫓아 농민의 난을 일으킨 메르힌 에레보스탄이 있는 베들란 성으로 향하게 되었다. 이미 농민의 난이 일어난 지 2년 만의 일이었다.

남부 지역이 온통 농민군의 세상이기는 하지만 그렇다 해도 귀족이 없는 것은 아니다. 농민군에 져 쫓겨나고 도망가는 신세이기는 하지만 같은 귀족이라는 것으로 인해 다른 귀족의 도움을 받고 반란군으로 규정되었음에 그들을 진압하기 위해 많은 귀족이 군사를 일으켰다.

때문에 2년이 지난 지금 남부는 온통 전쟁으로 얼룩져 있었다. 제대로 된 추수가 이루어지지 않고 상행위가 어려워 물가는 폭등하고 있었고, 산적들은 더욱더 기승을 부렸다.

그렇지만 작금에 이르러서는 점점 그 기세가 수그러들었다. 그 연유는 바로 초심을 잃어버린 농민군의 지휘부 때문이었다. 농민의 평등을 위하여 일어났지만 결국은 그 속에서 다시 계급을 형성했고, 농민을 두었고, 노예를 두었다.

똑같아진 것이다. 그러니 자연 농민들의 마음이 떠났고, 그 결과는 우군과 좌군이 무너져 내리고 가장 강성한 중군만 남아 세 방향에서 치달아 오는 제국군을 맞이할 수밖에 없었다.

베들란 성의 영주 회의실.

농민의 난을 일으킨 메르힌 에레보스탄은 어이없는 얼굴로 자신의 옆에서 고개를 푹 숙이고 있는 이를 바라보고 있었다. 아니, 쏘아보고 있다고 하는 것이 맞을 것이다.

"도대체 상상이 안 가는군. 도대체 어떻게 해야 25만이라는 군세를 다 잃고 겨우 2만만 살아서 돌아올 수 있는지."

"죄, 죄송합니다. 하지만 상대방 역시 저희 못지않은 대군이었습니다. 거기에 공성병기까지 있었습니다. 장군님 말씀대로 좌군과 우군을 나누어 토성에 주둔시켰는데 막상 전투가 일어나자 지원을 하지 않았습니다."

"토성과는 정기적으로 연락은 하고 있었고?"

"그, 그건……"

말끝을 흐리는 것을 보니 정기적인 연락은커녕 제대로 된 지원조차 하지 않았으리라는 생각이 들었다. 분명히 토성에도 마법사를 두라고 했지만 자기 목숨 귀한 줄만 알아 토성에는 마법사를 보내지 않은 모양이다.

"쯧! 어쩌다가……"

"......."

톡! 톡! 톡!

메르힌 에레보스탄은 탁자를 손으로 톡톡 두드리며 장고에 들어갔다. 과거 백작성의 회의실이었던 만큼 넓기도 넓었다. 그 회의실에 가득 사람이 차 있었지만 사람이 없는 것처럼 정적만이 감돌았다.

"아무래도 이곳에서 적을 맞이한다는 것은 힘들 것 같군. 아무리 이곳이 중앙으로 향하는 길목이라 하지만 개활지라 공성전에 상당히 불리하게 작용할 수도 있고 말이지. 좋은 방법이 없겠나?"

이미 농민 우군을 맡았던 에인리히 레이백은 코가 쑥 빠져 자신 앞에 앉아 있고, 농민 좌군을 맡았던 카일란 글로비스는 목이 잘려 적이 함락한 성문 앞에 거치되어 있다고 한다.

전방에는 한 치의 물러섬도 없이 제국의 소드 마스터인 하인츠 구데리안 후작이 호시탐탐 자신의 목을 노리고 있고, 좌우에서는 수십만의 제국군이 자신의 목을 자르기 위해 시시각각 다가오고 있다.

그렇지 않아도 버거운 상대인데 군사마저 더 늘어난다면 그야말로 자신은 죽은 목숨과 다르지 않았다. 그전에 무슨 수를 써야 했다.

"두 가지 방안이 있습니다. 둘 다 동시에 이루어져야 할 사항입니다. 우선 귀족파의 수장인 재상 이오시프 세르게예비치 공작에게 선을 대야 합니다. 그리고 그 선으로 귀족파의 진군을 무마시켜야만 합니다."

"그것이 가능하겠나?"

물으면서도 고개를 끄덕이고 있는 메르힌 에레보스탄이었다. 돈이면 드래곤도 부린다고 했다. 단지 그 액수가 문제일 뿐. 거기에 지금 형세를 판단컨대 전쟁을 치르기 위해 예상치 못한 출혈을 하고 있으니 충분히 가능하다는 생각이 들었다.

"선은 있고?"

"선을 댄다고 작정한다면야 어디 선이 없겠습니까?"

"그럼 그렇게 해. 또 같이 병행해야 할 것이 뭐지?"

"본대는 여기에 남아 여전히 하인츠 구데리안 후작을 견제해야 할 것이고, 패잔병을 모아 레이백 우군장에게 주어 동부의 군사를 막아야 합니다."

"방법은?"

"이곳에서 이틀 정도의 거리를 달리면 아인스쿠나 산이라고, 숲이 짙고 골이 험한 지형이 있습니다. 지키기는 쉽고 치기는 어려운 곳이며, 또한 이곳으로 오기 위해서는 반드시 지나야 하는 곳입니다. 또한 패전했다고는 하지만 그들 모두가 남부 지역의 병사들입니다. 대부분은 그곳의 지리에 밝기에 아직 지형지물을 제대로 파악하지 못한 동부군을 막아낼 수 있을 뿐 아니라 잘만 하면 동부군을 깨뜨릴 수도 있습니다. 거기에 후방에 있는 엘라임 성에 주둔하고 있는 10만의 병사 중 5만을 더하고 군사는 웨인 슬레터를, 부사령관을 데이브 바티스타로 합니다. 거기에 한 가지를 더해, 정보를 오염시키면 충분히 승산이 있을 것입니다."

"그것 참 좋은 생각이다. 하면 패잔병의 수가 어느 정도 되지?"

"우군장이 2만이고 좌군에서 몰려온 패잔병이 대략 3만 정도 됩니다."

"괜찮군."

지금은 겨울로 가는 길목이다. 추위에 아직 적응이 되지 않은 시기. 아인스쿠나 산의 험악한 지형이라면 쉽게 피로해지고 지칠 수 있을 것이다. 지형과 기후, 그리고 대규모 병력을 이용한 기습을 잘만 행한다면 충분히 승산이 있을 뿐만 아니라, 오히려 이 기회에 동부군을 깔끔하게 처리할 수도 있었다.

거기까지 생각이 미친 메르힌 에레보스탄은 패퇴하고 도망온 에인리히 레이백을 보며 물었다.

"우군장, 잘 들었겠지? 이번에도 실패하면 돌아올 생각은 버려야 할 것이네."

"명심하겠습니다."

이로써 농민의 난은 새로운 국면을 맞이하게 되었다. 베들란 성에 주둔하고 있는 농민군은 대략 20만 정도이다. 이곳 역시 좌우로 토성을 두고 있는데 그 토성의 거리가 눈으로 보면 훤히 보이는 거리에 있었다.

그리고 결정적으로 이곳은 개활지라 어떠한 매복 공격도 소용이 없다. 대공파의 소드 마스터인 하인츠 구데리안 후작이 베들란 성을 공략하지 못하는 이유가 바로 여기에 있었다.

공략을 한다고 하면 다섯 배 이상의 물량전으로 가야 할진대 자신이 거느린 병력은 고작해야 15만이다. 그나마도 하인츠 구데리안 후작이 소드 마스터였기에 적의 진입을 막고 있지 그렇지 않으면 뚫려도 애저녁에 뚫렸을 상황이라는 것이다.

한편 베르누크는 열심히 용병군을 이끌고 밀리예프 후작의 뒤를 따랐다. 기병이면 몰라도 보병은 뛰어가야 한다. 그러나 하루에 25만의 군세가 움직이는 데는 한계가 있었다.

평야 지대도 있을 것이고 산악 지대도 있을 것이다. 거기에 치중도 돼야 할 것이고 정찰 병력도 돼야 할 것이다. 25만이라는 군세가 움직이는 것은 실제로 상당히 어렵다는 이야기다.

보통 치중 부대의 하루 평균 행군 거리는 8~12킬로미터이며, 본대의 하루 평균 진군 속도는 약 20킬로미터 정도이다. 물론 급속하게 행군을 한다면 장비 및 군장까지 모두 40킬로그램의 무게라 할지라도 최대 33킬로미터까지 행군이 가능하지만 그것은 공격과 방어를 염두에 두지 않는 행군 거리이다.

그리고 밀리예프 후작은 굳이 서두를 필요가 없었다. 충분한 휴식과 적절한 이동을 배분해야 실제 전투 시에 월등한 전투력을 유지할 수 있다는 것을 모를 바보는 아니었으니까.

물론 그것을 염두에 둔 행군은 아니었다. 반란군의 우군을 패퇴시켰으면 충분히 큰 공이다. 그리고 그 덕에 동부에서 자신의 입지는 더욱더 탄탄히 굳어졌고 말이다.

너무 과한 공을 세우고자 몰아친다면 오히려 역효과가 날수 있음을 알고 있는 밀리예프 후작이기에, 느긋하지만 그렇다고 늦지 않게 행군하고 있는 것이다.

그러함에도 불구하고 지금 밀리예프 후작은 베들란 성으로 이어지는 아인스쿠나 산이 보이는 곳에 당도했다. 아직 초입이라고는 할 수 없고 반나절 정도 걸어가면 당도할 거리였다.

"형님, 제 말 한번 들어보시겠습니까?"

밀리예프 후작은 살짝 인상을 찌푸렸다. 이곳은 지금 확대 지휘관 회의 중이지 않는가? 그런데 사령관님도 아니고 후작님도 아니고 형님이란다.

비단 밀리예프 후작만이 아니었다. 확대 지휘관 회의에 참석한 모든 귀족과 기사의 인상이 찌푸려졌다. 순식간에 장내가 싸늘해지고 모든 시선이 베르누크를 향했다.

하지만 베르누크는 무슨 날파리가 이렇게 많으냐는 듯이 손을 휘휘 저으며 말했다.

"북부 메이플라이 산에는 그레이 오크만 사는 것이 아니라 놀이나 코볼트도 많이 삽니다. 그런데 특이한 것이 이놈들이 함정을 판다는 것입니다. 크기야 저런 큰 산은 아니지만 조용하고 울창한 계곡 정도면 어김없이 그놈들이 매복을 하고 독화살을 날려대지요. 잘 모를 때는 뭐 이런 놈들이 다 있나 싶지만 조금 겪어보면 마냥 똑같은 패턴이기에 잡기 쉬운 놈입니다."

살짝 찌푸려졌던 밀리예프 후작의 얼굴이 조금 펴졌다. 무슨 말인가 흥미롭다는 표정이다.

"그래, 그 패턴의 약점은 뭔가, 동생?"

"우헤헤헤, 그건 말이죠, 바로 뒤통수를 치는 거죠. 그놈들은 경사면에서 계곡만 쳐다보거든요. 능선을 따라가거나 배후로 접근하면 찍소리 못하고 일망타진할 수 있죠."

일부러 그러는 것인지 아니면 의도된 행동인지 분간이 안 갈 정도로 열성적으로 설명하는 베르누크였다. 그에 밀리예프 후작 역시 베르누크가 하고자 하는 행동이 무엇인지 깨달 았다.

거기에 맞춰주듯 밀리예프 후작이 은근한 목소리로 다른 지휘관에게 물었다.

"어떤가?"

"확실히 가능성이 대단히 높은 이야깁니다."

"그렇지? 내 의동생이 좋은 조언을 해줬구만."

"우헤헤헤. 그렇죠? 에헴!"

그야말로 졸장부다. 주인의 세를 믿고 으스대고 까부는 모 습 그대로다. 귀족들의 얼굴에는 일말의 안도감이 깃든 웃음 이 지어졌다.

아무도 생각하지 못했던 것을 건의한 베르누크였다. 덩치 도 덩치지만 북부의 촌놈이 동부의 수호자라 불리는 밀리예 프 후작과 호형호제한다는 것 자체가 굉장한 일이다.

귀족들에게 있어 그는 바로 경계 대상 1호였다. 한데, 알맹 이를 보니 머리가 근육인 바보 같은 놈이다. 우연찮게 아무도 생각 못한 점을 찌르긴 했지만, 하는 행동을 보니 아마 틀림 없으리라 그들은 생각했다.

"용병군 사령관의 말이 맞습니다. 대비를 해야 할 것 같습 니다."

그렇게 판단한 귀족들은 베르누크의 의견에 동조했다. 저렇게 어수룩하다면 공을 가로채는 것도 쉽다. 귀신도 모르게 묻어버리는 것도 쉽고 말이다.

회의 결과, 베르누크가 이끄는 용병군이 아인스쿠나 산의 등성을 타게 되었다. 기사나 정규 훈련을 받은 병사들보다는 숲 속에서의 난전은 용병군이 더 뛰어나다는 이유다. 고생은 제안한 놈이 하는 것이라는 말을 단적으로 보여주고 있다. 귀족들에게는 잡으면 좋고 아님 만다는 생각이 더 강했다.

사실 베르누크가 이끄는 용병군 말고도 다른 한 부대의 용병군도 있었으나 그들은 나름 처세를 잘해서인지 귀족들에게 평판이 상당히 좋았다. 덕분에 산길을 행군하는 것보다 두 배는 힘든 등성을 타는 작전에서 제외되었다.

베르누크는 그것을 자초하고 나섰다. 고생을 사서 하는 것이다. 귀족들은 어려운 일을 마다않고 하는 미련한 곰탱이 한 마리 있다고 수군댔지만 베르누크 입장에서는 그렇지가 않다.

오히려 지금 자신이 가는 길이 더 살아날 확률이 높다. 적어도 적들은 본대는 신경 쓸지언정 적이 산등성이를 타고 올 줄은 상상하지 못할 것이기 때문이다. 그것은 그들이 공격자의 입장이기에 그렇다.

사냥하는 자는 사냥하는 데만 집중하고 자신이 사냥당할 수도 있다는 것은 모른다. 해서 어느 순간 방심한다. 바로 그 방심하는 순간 자신의 생명이 사라진다는 것을 알면서도 말이다.

베르누크는 그 방심을 틈타 적이 보이는 지점에 도착했다.

"보입니다."

"봤어!"

베르누크는 진지를 살피며 낮게 대꾸했다.

기온이 뚝 떨어진 늦가을 산을 견디기 위해 적들은 맨 땅에 풀로 얼기설기 엮은 초막으로 매복을 하고 있었다.

어느 정도 보온 효과가 있긴 하겠지만, 평소보다 행동이 굼뜰 것은 자명한 사실로 보였다. 거기다 전방만 주시하고 있다 보니 후방 경계도 하고 있지 않다. 자신들이 사냥당할 줄은 생각하지 않고 있는 듯했다.

"흐음, 날도 적당히 가물고, 바람도 선선하고, 풀은 바짝 말라 있고, 이거 환상의 조건입니다."

"불 지르자?"

"화공입니다, 화공!"

"그러다 산을 홀라당 태워먹는 것 아닌지 몰라."

하지만 그런 걱정과는 다르게 군사장인 카림을 비롯해서 레너드와 주변 기사들의 얼굴에는 웃음이 떠나지 않았다. 짧은 기간 부군사의 자리에 오른 레니는 곧바로 발이 빠른 병사 한 명에게 이 사실을 본대에 알리도록 했다.

이미 본대에도 베르누크를 세밀하게 살피고 있는 이가 있었다. 바로 밀리예프 후작의 참모장 어니스트 멘테스 경이었다. 그는 베르누크의 일거수일투족을 놓치지 않았다.

그래서 그는 베르누크를 아군이 아니면 반드시 제거해야 할 명단으로 분류하고 있었다. 남들이 모두 흘려보냈던 아드리안 남작을 구출한 일, 토성 전투에서 적을 유인한 일, 또한 토성을 별다른 출혈 없이 점령한 일을 그는 명확히 꿰고 있었다.

"그래, 적을 발견했고, 매복한 적의 수는 약 1만 정도이며, 화공을 준비하고 있다고?"

"그렇습니다."

"거리가 어느 정도 떨어져 있지?"

"제가 출발했을 때 이미 적을 발견한 상태였습니다. 공격 일시는 오늘 밤 10시경이라고 했습니다."

"흐음. 알겠다. 수고했다."

"그럼 이만!"

절도있게 군례를 올리고 바로 말을 몰아 바람처럼 아인스쿠나 산을 향해 내달리는 병사였다. 그 모습에 멘테스 경은 작은 감탄을 내뱉었다. 병사마저도 기사 못지않은 승마술과 절도를 가지고 있는 것이다.

확실히 아군이 아니면, 만약에라도 적으로 만난다면 정말 무서워질 것 같다는 느낌이 불현 듯 찾아온다. 병사들마저 기사 못지않을 전력이라는 것이다. 그렇게 베르누크에 대한 확신을 굳히며 멘테스 경의 상념은 깊어만 갔다.

*   *   *

"충분히 쉬었지?"

"좀이 쑤셔 죽겠습니다."

그 소리에 피식 웃어버리는 베르누크였다. 겨우 한나절 쉬었는데 좀이 쑤신댄다. 어디 말 같지도 않은 소리를. 하지만 베르누크의 호출에 용병 지휘관이나 기사들 역시 눈을 빛내고 있었다.

"별것 없어. 오늘 밤 바람이 계곡 쪽으로 불 때 마른 풀에 불을 붙여 집어 던지고 평소 하던 대로 하면 돼."

"불이 번지면 어떻게 합니까?"

"그건 본대에서 알아서 할 일이지. 그것까지 우리가 어떻게 신경 써, 하잘것없는 용병 부대가?"

말은 그렇게 했어도 그 말에 동의하는 사람은 아무도 없었다. 용병들도 그러했다. 용병들의 시선 속에 베르누크에 대한 절대라는 믿음과 신뢰가 들어 있다. 거기에 절대의 강함에 대한 경외감까지.

비록 5백 명의 동료가 죽었다지만 그것은 정당한 작전 중에 사망한 것이다. 화살받이로 사망한 것이 아니다. 또한 동료를 살리기 위해 죽은 자들이다.

그들의 죽음은 지금까지 반복되어 왔던 죽음이 아니라 어떠한 의미를 담은 죽음이었다는 것이다. 그저 돈에 이리 팔리고 저리저리 치이는 인생이라지만 그래도 인간이고 사람이다.

의미없는 죽음에 별다른 의미를 부여하고 있지는 않지만 그래도 지금 수행하고 있는 전쟁 용병으로서의 죽음은 상당히 의미가 있었다. 게다가 베르누크는 꼬박꼬박 일당을 챙겨주고 있었다. 자체 해결해야 하는 부식까지 주면서 말이다.

"모두 마른 풀에 불을 붙여 계곡으로 던져!"

베르누크의 말에 대기하고 있던 병사들과 용병들은 일사불란하게 움직였다. 불은 바짝 마른 잎이 많은 계곡을 타올라 거센 기세로 매복해 있는 농민군의 진영을 덮쳤다.

때마침 불어오는 거센 산악풍에 풀로 대충 엮어 찬이슬과 바람을 피하던 농민군의 진채는 금세 불바다로 변했다.

산에서 부는 바람에는 계곡풍과 산악풍이 있다. 산악 지역에서는 산봉우리를 중심으로 태양에너지를 많이 받는 경사면과 상대적으로 태양 에너지를 적게 받는 경사면이 형성되면서 두 표면이 서로 다르게 가열된다.

주간에는 태양 에너지를 많이 받는 경사면의 공기는 같은 고도의 평균 공기보다 가벼워져 경사면을 따라 상승한다. 이 과정에서 발생한 바람을 계곡풍이라 하고, 야간에는 경사면의 복사 냉각 차이로 인하여 산정에서 불어 내리는데 이 바람을 산악풍이라 한다.

지금은 밤이다. 때문에 부는 바람은 산악풍. 후미에서 집어 던지는 불덩어리는 바람을 따라 전면으로 타오른다는 것이다. 나름 경계가 느슨하고 아직 동부군의 본대가 보이지 않은 관계로 마음 놓고 깊은 잠에 빠져 있던 농민군들은 어찌할 바를 몰랐다.

간부급은 급히 말을 타려 해도 안장을 찾을 길이 없었고, 벗어놓은 레더 메일을 걸치려 해도 마음이 급해서인지 제대로 입어지지도 않았다. 거기에 말은 성난 불에 정신없이 사방으로 내달리고 있었다.

베르누크와 레너드는 그때를 놓치지 않고 용병과 병사, 그리고 기사들을 몰아 허둥거리는 농민군을 베게 했다. 말과 레더 메일은커녕 당황하는 바람에 무기조차 제대로 찾아 쥐지 못한 농민군은 함성을 지르며 마른 풀을 베듯 농민군을 베어 넘기는 용병과 병사, 그리고 기사들을 막아낼 재간이 없었다.

5천이나 되는 농민군의 우두머리인 베스퍼와 그의 부장 파로스는 정신을 차릴 수가 없었다. 레더 메일은 기본이고 무기도 제대로 주지 못했다. 그저 할 수 있는 것은 큰 소리로 후퇴라는 말만 남기고 불을 피해 산 위로 움직이는 것뿐이었다.

그러던 와중에 손에 쥐어진 검을 잡았고, 도끼를 잡았다. 그들을 따르는 몇몇의 농민군 역시 얼굴에는 검댕이를 잔뜩 묻힌 채 여기저기서 주은 무기를 들고 뒤를 따랐다.

하지만 채 몇 킬로미터도 가지 못해서 그들의 앞을 가로막는 자에 의해 멈출 수밖에 없었다. 그는 화광에 비추어지길 검붉은 색의 플레이트 메일에 금방이라도 산악을 쪼개 버릴 듯이 흉흉하게 빛나는 할버드를 지니고 있다.

그렇잖아도 당황하고 급박하여 얼이 빠져 있는 농민군에게는 마치 마계에서 떨어져 내린 마왕 같아 보였다. 그리고 그 옆을 지키고 있는 그보다 큰 덩치의 인물은 아예 그들의 기를 질리게 만들었다.

"갈 때 가더라도 목은 놓고 가!"

그 말이 시작이었다, 베스퍼와 파로스를 따라 움직이던 대다수의 농민군을 향해 베르누크와 제이가 짓쳐든 것은.

그 뒤를 이어 기사들이 엄습해 들었다. 애초에 정상이었더라도 싸움다운 싸움이 될 리 만무하거늘 당황하고 얼이 빠진 농민군은 풀보다 베기 쉬웠다.

베르누크와 그를 따르는 용병들이 그렇게 활약하고 있을

때 갑자기 산허리쯤에서 화광이 충천하며 우레와 같은 소리가 들리자 밀리예프 후작과 멘테스 경은 그것을 신호로 병사들을 급박하게 움직이기 시작했다.

"저것이 신호일 것입니다."

멘테스 경은 속으로 가만히 생각해 보았다. 지금 자신이 해야 할 것을 말이다. 저들을 몰아친다고 해보아야 멸살하기는 어렵다. 그렇다는 것은 저들이 빠져나갈 공간을 선점하여 일격을 날리는 것이 훨씬 더 실용적이다.

그 즉시 멘테스 경은 밀리예프 후작에게 건의해 부근의 지세에 밝은 병사를 찾아 저들이 도망갈 만한 평평한 길로 안내하도록 했다.

위로 올라가기에는 산세가 험하고 불이 거세어 쉽게 길을 찾기 힘들다. 더군다나 위쪽은 마왕 같은 놈이 둘이나 있기에 저절로 아래쪽으로 시선을 돌릴 수밖에 없을 것이다.

하지만 농민군들은 이곳의 지형에 익숙하다. 한두 놈이면 몰라도 여러 명이면 충분히 저 불길 속에서도 길을 찾아 달아날 수 있다는 것이다. 달아날 길목은 같은 편이 있는 쪽이 명명백백하다.

이쪽이 이미 물샐틈없이 포위하고 있다는 것은 조금도 생각할 것 없이 바로 알 수 있는 일이니 결국 도망자들이 택할 길은 아래쪽의 안전하고 많은 사람이 달아날 수 있는 길뿐이다.

멘테스 경의 예상은 맞아들었다. 산길 중에 평평하고 어느 정도 공간이 되는 길목에 도착하여 진영을 갖추자마자 베르누크에게 패퇴하여 물밀듯이 도망쳐 오는 농민군을 만날 수 있었다.

"한 놈도 남기지 마라!"

밀리예프 후작은 추상같은 명령과 함께 직접 검을 들고 밀려오는 농민군을 향해 검을 휘둘렀다. 그에 후작가의 기사단과 그를 따르는 많은 귀족군이 거침없이 짓쳐들어 풀을 베듯 베어 넘겼다.

대승이었다.

비록 화공과 함께 그들의 퇴로를 틀어막아 포로보다는 사망자가 더 많은 실정이지만 그렇다 하더라도 하룻밤 사이에 얻은 전과로는 대단한 것이었다.

거기에다 군마와 병장기, 1만이라는 농민군이 며칠 버틸 군량까지. 그리고 더 중요한 것은 후방에 있을 4만이라는 농민군에 대한 정보였다. 어디쯤에 어느 정도의 농민군이 있는지 대충이라도 파악할 수 있느니 얻은 부산물보다 더욱 큰 전과라 할 것이다.

밀리예프 후작은 베르누크를 크게 치하하였다. 여태 두각을 나타내지 않았던지라, 또 미련한 곰탱이처럼 행동했던지라 귀족들은 의아한 표정을 지었을지언정 시기하지는 않았다.

왜냐하면 소가 뒷걸음질 치다 쥐를 밟은 격이니까. 한 번 정도는 그냥 넘어갈 수 있었다. 게다가 베르누크가 맡은 부대는 용병부대가 아닌가.

하지만 그들은 간과하고 있었다. 처음 맡은 용병이 5천이고 지금은 4천 3백 명 정도 남았다는 것을 말이다.

그것은 그가 대단한, 용병술의 달인이라는 것이다. 벌써 두 번의 큰 전투를 치렀음에도 불구하고 겨우 7백 정도의 사망자밖에 내지 않았다는 것을 귀족들은 간과하고 있었다. 평범한 사령관이었다면 그들이 아직 살아 있을지 의문이라는 점도 말이다.

전투에서 승리를 거두었지만 전쟁이 끝난 것은 아니었다. 밀리예프 후작은 이 여세를 몰아 곧바로 이어질 전투 준비에 박차를 가했다.

밀리예프 후작의 막사에서, 멘테스 경이 지도를 가리키며 작전을 설명했다.

"치중을 이곳에 둡니다. 그리고 좌군과 우군, 중군으로 나누어 중군은 기병 중심으로 편성하고 좌군과 우군은 산의 좌우측 등성을 통하여 이동합니다. 좌군의 사령은 알렉세이 밀리예프 자작입니다. 그리고 우군의 사령은 베르누크 아이젠 남작입니다. 병력은 각각 2만씩이며 몸이 날랜 병사와 해당 기사들입니다. 중군의 선봉은 알리스타 오브레임 백작님이시며 기사 200과 중기병 2만입니다. 밀리예프 후작 각하께서는 치중과 함께 움직이시며, 본대를 형성하시면 됩니다. 공격은 2선까지 각자 실시하며 마지막 3선은 중군을 이끄시는 오브레임 백작께서 그대로 관통, 공격 범위를 벗어나며 적을 평원으로 유인합니다. 이후 치중은 원래의 이동속도를 유지하며 오브레임 백작께서는 저지를, 밀리예프 후작 각하께서는 퇴로를, 좌군과 우군은 적의 허리를 가릅니다. 질문 있습니까?"

멘테스 경의 설명에 귀족들은 고개를 주억거렸다. 별로 탐탁치는 않지만 수긍할 수밖에 없었다. 이번 전투에서 가장 큰 공을 세운 것은 분명 베르누크 아이젠이라는 북부의 촌놈이니까 말이다.

갑작스럽게 부각되어 당황하고 있기는 하지만 이내 그들은 반격을 준비할 것이다. 하지만 모를 일이다. 베르누크 아이젠이라는 사람에 대해서 어떠한 자세한 정보가 없는 이상은 말이다.

파악한 바로 적의 작전은 간단했다. 깎아지른 듯한 협곡에서는 동부군의 허리를 잘라 치중을 고립시키고, 빠져나온 적을 2선에서 다시 허리를 자른다. 1선과 2선은 자물쇠 역할을 하고 3선에서 적의 정면으로 들이치며 무너뜨린다는 전법을 쓴 것이다.

하지만 그러한 적의 작전을 완벽히 파악했으니 매복한 농민군을 유인하여 우월한 병력과 병사로 그들을 말살시키는 것은 식은 수프 먹는 것보다 쉬웠다. 해서 적을 한 번에 다 잡기 위해서 멘테스 경은 돌파 후 유인, 그리고 포위, 섬멸 작전을 계획한 것이다.

작전 계획 하달이 이루어지자 조용하고도 신속하게 군이 재편되었다. 시간을 끌 일이 아니다. 늦어지면 늦어질수록 적은 의심할 것이고, 그러면 이번 작전이 전면 수정되고 오히려 역공을 당할 수 있었기 때문이다.

그나마 다행인 것은 다른 귀족들처럼 동부군이 느긋하게 움직이지는 않았다는 것이다. 보통의 행군 속도였지만 여타 귀족군보다 빠른 속도. 이것을 감안한다면 충분히 승산이 있었다.

이안스쿠나 산의 좌우 능선을 따라 베르누크와 알렉세이 밀리예프 자작이 출발했고, 치중은 원래대로 가장 후미에, 오브레임 백작은 빠르게 군을 재편해 전방으로 치고 나갔다.

베르누크가 2선에 도착했을 때 2선에는 아무도 없었다. 흔적으로 보아 적어도 2~3일 전에 매복을 풀고 이동했다는 것을 알 수 있었다. 이동 방향은 바로 3선으로 연결되어 있었다.

그 상황은 즉각적으로 본대에 알려졌고, 아직 2선에 도착하지 못한 밀리에프 자작에게도 전해졌다. 상상할 수 없을 정도의 빠른 시간에 2선까지 도달한 베르누크의 전언에 본대의 귀족이나 밀리에프 자작은 상당히 놀랐다.

그리고 그에 따라 멘테스 경의 심중은 점점 굳어져 갔다. 아군이 아니면 반드시 죽여야 할 대상으로 말이다. 하지만 지금은 전투에 집중해야 할 때였다. 마지막 전투인 베들란 성의 주동자를 없앨 때까지는 말이다.

멘테스 경이 그러한 결심을 굳히는 시각에 귀족들은 갑작스럽게 튀어나온 베르누크라는 존재 때문에 심각한 분위기를 형성했다.

촌놈인 줄 알았다. 실제로 아인스쿠나 산 이전까지는 그러했다. 한데 이제는 아니다. 밀리에프 후작가를 지탱하는 강력한 무력 세력으로 떠오르고 있었다.

좋지 않다. 동부의 가문도 아니고 북부의 가문이 동부의 수호자라 일컬어지는 가문의 중추적인 무력 세력이 된다는 것은 말이다.

그들은 은밀히 모이기 시작했다. 처음에는 그저 촌놈을 비방하는 선에서 그치던 것이 하나의 구심점을 형성하고 있었다. 참모부의 이인자인 슈미트 카고 경을 중심으로 말이다.

                    *   *   *

"저들이 왜 2선의 농민군을 물린 거지?"

"그들도 나름의 정보통이 있겠지요."

"전해 들었다 이건가?"

"생각보다 반발이 거셀 수도 있습니다."

"반발이 거셀 수도 있다……."

그 말과 함께 베르누크와 카림, 그리고 레니는 깊은 생각에 잠겨들었다. 작전이 틀어질 수도 있다는 것을 의미했다. 지금까지 밀리예프 후작이 이끄는 동부군은 군세가 늘면 늘었지 줄지는 않았다.

한마디로 농민군의 우군을 상대할 때 빼고는 어려움 없이 진격해 왔다는 것이다. 그리고 이곳 아인스쿠나 산에서는 자신의 건의로 서전을 승리로 장식했다.

한데 2선의 병력을 뒤로 빼버린 농민군. 잘못 생각하면 동부군의 군세가 무서워 급히 후퇴하여 입구를 틀어막고 총공세를 펴부을 것이라는 생각도 들었다. 하지만 결코 그렇게 가볍지 않은 상대라는 것이 마음에 걸렸다.

"느낌이 이상하군. 오늘은 여기에 숙영지를 정한다."

"명!"

"그리고 제이는 이 시간 이후로 내 막사에 아무도 출입하지 못하도록 막아주고."

"응, 알았다, 형님아!"

모두 나가는 것을 확인한 베르누크는 심령을 울렸다. 그러자 투명한 무엇인가가 막사를 가득 채웠다. 사람 모양의 엄지손가락만큼 작은 투명한 것이 허공에 둥둥 떠 있다.

바로 바람의 무한 쌍둥이인 실프였다. 여기저기를 둘러보듯이 정신없이 일렁이더니 베르누크의 심령으로 전해진 것이 있었는지 막사의 두꺼운 천을 뚫고 사방으로 퍼져 나가는 실프였다.

"음, 뭐지? 왜 바람이 내 뺨따귀를 때리고 가는 거여?"

제이는 자신의 뺨을 스치고 지나가는 바람에 뭔가가 자신을 만지고 지나갔다는 느낌이 들었다. 그것이 정령이라는 것은 알 수 없었지만 말이다.

인간의 시대로 접어든 이후 마법사보다 더 귀한 것이 정령사였다. 아니, 전 대륙을 뒤져 보아도 정령사는 전무하다시피 했다. 마나에 민감한 마법사들조차 정령이라는 것을 느끼지 못할 정도면 말 다 한 것이다.

그런데 유수한 시간을 뛰어넘어 바람의 하급 정령 실프를 부리는 자가 나타났다. 그것도 한두 개체가 아닌, 막사 안을 가득 채울 만큼의 절대의 정령력으로 말이다.

실프는 날고 날아 용병군의 진지를 넘어 적의 진지까지 도달했다. 베르누크는 막사에 가만히 앉은 채로 실프를 부려 내부의 상황은 물론 적의 상황까지 손안에 있는 것처럼 모두 알아냈다.

'으음. 호오~ 이것들이 날 밀어내려고 작당을 하고 있군. 썩을 놈들.'

'이건 또 뭐야? 술 먹지 말라는데 꼭 이렇게 먹는 놈들이 있어요.'

'얼래? 이거 포위된 거네?'

적은 전방에 있었다. 4만도 아닌 자그마치 7만이나 되는 병력이 말이다. 그것뿐만이 아니다. 후방에도 적이 있었다. 간단하게 유추해 볼 수 있었다. 적이 충원된 것이다.

그리고 1만을 내어주고 적을 깊숙이 유인한 것이다. 7만으로 정면과 좌우측을 막고, 후미의 3만이나 되는 병력으로 치중을 들이치며 기습을 하려는 것 같았다.

'누구지? 누가 이런 작전을 세운 거지?'

베르누크는 모골이 송연해졌다. 몰랐다면 몰살을 당했을 수도 있는 전략이다. 꼼짝없이 갇혀 앞으로 나가지도 뒤로 후퇴하지도 못한다. 설사 승리한다 해도 상처뿐인 승리가 될 가능성이 높았다.

'하~ 이걸 어찌해야 되나. 제길! 또 한 번 나대야 하는 건가?

살짝 이마를 찌푸린 베르누크다. 그렇지 않아도 자신을 마음에 안 들어하는 작자들이 생기기 시작했는데 한 번 더 나댔다가는 대놓고 찍히게 될 것이다.

'까짓, 한 번 죽지 두 번 죽어? 그리고 시쳇말로 내가 밀리예프 그 양반 의동생이야. 아직까지는 쓸모가 대단하다 이거지.'

결심을 굳힌 베르누크는 정령들을 불러들인 뒤 밖에 있는 제이에게 외쳤다.

"제이, 카림 좀 불러와. 같이 본대에 좀 다녀와야겠다."

"어! 알았다, 형님아."

베르누크는 카림에게 본대로 가면서 대충 이야기해 줬다. 물론 정령으로 알아봤다는 말은 절대 못한다. 마법도 그렇고 정령도 꽁꽁 꿍쳐 놓을 계획이니까. 세상은 숨기는 게 많을수록 유리한 법이다.

카림에게는 이러한 가능성도 있지 않겠느냐는 말로 슬쩍 운을 띄웠다. 했더니 가능성에 대해 주르르 읊어댔다. 어떻게 그런 생각을 했는지 정말 놀랍다는 듯이 경이로운 시선과 함께 말이다.

당연하다. 아무리 머리를 쥐어짜도 그런 생각은 못했으니 말이다. 물론 다양하고 여러 가지의 경우의 수는 있었지만 짧은 시간에 그것을 도출해 내는 것은 쉬운 일이 아니다. 그런데 자신의 주군은 그것을 해냈다.

베르누크는 이번에는 개별적으로 밀리예프 후작을 찾아갔다. 밀리예프 후작은 중군의 선봉에 선 오브레임 백작, 그리고 참모장인 멘테스 경과 심도 있는 대화를 하고 있었다.

"여어~ 형님, 뭐하고 있소!"

"아니, 이 밤중에 웬일인가?"

이번 아인스쿠나 산의 승전 때문인지 상당히 살갑게 베르누크를 맞고 있는 밀리예프 후작이다. 그리고 참모장인 멘테스 경도 마찬가지였다. 그는 이미 베르누크를 아군으로 끌어들일 작정을 하고 있는 상태이니 당연했다.

하지만 오브레임 백작은 조금 달랐다. 겉으로 드러내지는 않았지만 아직 베르누크에 대해서 확신을 갖지 못한 상태. 그렇다고 이리 쏠리고 저리 쏠리고 하는 성격도 아니다. 다만 진중에서 남작 나부랭이가 후작에게 형님이라면서 경박하게 구는 것이 못마땅한 것이다.

"뭣 좀 물어볼 게 있어서 말이지요."

"호오~ 덩치 큰 곰탱이가 또 재주를 부리려는가?"

"어허~ 형님, 왜 또 이러쇼."

"허허. 알았으니 말해보게."

"지금 상황이 좀 그렇지 않소?"

"좀 그렇다니?"

"에헴. 일단 우리 군사의 설명을 한번 들어보쇼. 아, 알고 있죠? 꽤 똑똑합니다. 카림 클라우제비츠 경입니다."

그렇게 말하면서 은근슬쩍 카림을 끼워 넣는 베르누크였다. 자신의 생각이라기보다는 자신의 군사인 카림의 생각이라는 듯이 말이다. 카림이 소개되자 참모장인 멘테스 경의 눈이 커졌다.

"카림 클라우제비츠라면 혹시……."

"험. 일단 제가 설명을 좀 하지요."

일단 멘테스 경의 말을 자르고 베르누크가 의도적으로 자신에게 떠넘긴 생각을 마치 자신의 생각인 양 살을 보태어 설명하고 거기에 자연스럽게 작전을 제시하는 카림이었다.

"확인은 해보았는가?"

"아직입니다."

"그래? 알았네. 우선 숙고해 보도록 하지. 그리고 자네는 내가 술 한 병 줄 테니 가져가고."

설명은 다 했다. 하지만 밀리예프 후작의 반응은 뜨뜻미지근했다. 그에 자신의 의견이 받아들이지 않았다는 것을 안 베르누크는 속으로 크게 한탄했지만 어쩔 수 없는 일이다.

"으허허허, 역시 형님이오. 산에 있자면 서늘한데 말이오. 고맙소."

그 말과 함께 밀리예프 후작의 방을 나온 베르누크였다.

"어찌하실 겁니까?"

"그걸 짜는 게 카림의 몫이야."

"그렇긴 합니다만."

"보고는 했어. 한데 무시당했어. 그러니까 우리는 우리 몫만 하면 되는 거지."

"알겠습니다. 날이 밝는 대로 보고하도록 하겠습니다."

"그래. 제이, 가자."

다음 날 베르누크가 이끄는 군은 둘로 나뉘어졌다. 레너드가 이끄는 1만은 후미로 되돌아갔다. 레너드는 대부분의 기사와 군사 레니를 대동하여 빠르게 후미로 이동했다.

베르누크는 제이와 카림, 그리고 1만의 병사를 이끌고 전력으로 아인스쿠나 산의 외곽을 돌아 베들렌 성으로 가는 평원으로 향했다. 평원으로 향하는 도중 아드리안 남작과 그의 기사와 2천의 병사를 적당한 곳에 매복시켰다.

적이 얼마나 될지 모르는 상황에서 군사를 둘로 나눈다는 것은 상당히 위험한 발상이다. 하지만 어쩔 수 없었다. 적의 배치 상황을 대략적으로 인지하고 있으니 그것으로 된 것이다.

"적의 후미를 완벽하게 잡는다."

베르누크는 쉬지 않았다. 시간이 없었다. 적의 후미를 완벽하게 잡고 기습을 하지 않는 이상 본대를 구할 가능성은 1할도 되지 않는다. 적은 이미 동부군을 완벽하게 파악하고 있었기 때문이다.

한편 베르누크의 경고를 한 귀로 흘려들어 버린 밀리예프 후작은 원래의 계획대로 오브레임 백작을 중군 선봉으로 하여 진격하게 했다. 그리고 그들이 계획한 대로 농민군은 아인스쿠나 산을 벗어나는 지점에서 인의 장막을 치고 있었다.

대략 3만으로 보이는 병력이다. 그들의 그러한 모습에 안도의 한숨을 내쉬는 멘테스 경이다. 혹시나 했다. 전혀 가능성이 없지는 않았기에 나름 조심성 있게 주변을 살펴보며 진군했다.

그리고 좌군과 우군으로부터 꾸준하게 보고를 받았다. 일단 적은 길목의 좌우로는 매복하지 않았다. 물론 좌군은 수색과 정찰을 통해 좌측 산비탈에는 매복이 없다는 것을 확실하게 전해왔다.

문제는 베르누크가 이끌고 있는 우군인데, 베르누크는 혹시 모를 적을 위해 단독 작전으로 전방과 후방으로 나누어진다고 전해왔다. 작전 계획에 들어 있지 않은 일이나 혹시 모를 일이기에 승인했다.

어차피 적의 허리를 자르는 것은 좌군의 알렉세이 밀리예프 자작이면 충분했다. 한데 좌우측 산비탈로 적이 없고, 전방에 있는 적은 3만가량으로 보이니 내심 안도함과 함께 괜히 베르누크의 작전을 승인했나 하는 생각이 들었다.

"계획대로 진행하게."

밀리예프 후작의 말이 떨어짐과 동시에 멘테스 경은 기수를 향해 시선을 돌렸고, 기수와 나팔수는 동시에 진군 명령을 내리는 기와 나팔 신호를 보내었다.

"전군 진겨~ 억!"

"와아아아!"

오브레임 백작의 명에 기마로 구성된 선봉이 빠르게 진영을 형성하고 있는 적을 향해 다가갔다. 그 뒤를 중갑보병이 이었고, 그 뒤를 경갑보병이 이었다.

십만의 동부군이 파도처럼 거침없이 돌격해 나갔다.

"기사! 거창!"

"돌파!"

기사들만 렌스를 든 게 아니었다. 그 뒤를 따르는 중기병 모두가 렌스를 들었다. 달려가는 속도 그대로 적의 선봉을 돌파하며 깔아뭉개 버리겠다는 작전이다.

"방패병! 방패 들엇!"

"장창병! 장창 앞으로!"

하지만 농민군도 만만찮게 준비했다. 기사들의 렌스 돌격에 충분히 방비하고 있었다. 기본적으로 기사의 말은 전마다.

전마는 두려움을 모른다. 하지만 그러한 전마라 할지라도 죽음이란 것 앞에서는 무력하다.

"렌스 차징!"

"렌스 차징!"

퍼버버벅!

히히히힝!

"어억!"

부딪쳤다. 2만의 군세와 3만의 군세가.

농민군은 5미터에 달하는 장창을 있는 힘껏 찔렀고, 방패병은 한 손이 안 되면 두 손으로 잡고 몸 전체를 가리는 사각 방패를 어깨로 밀며 버텼다.

렌스 차징으로 모든 것을 뭉개 버릴 듯한 기세로 달려들던 기사들과 중기병은 농민군의 5미터나 되는 장창에 찔려 힘없이 앞으로 꺼꾸러지며 그대로 맨바닥에 떨어져 내렸다.

떨어져 내린 중기병은 그대로 짧은 글라디우스로 무장한 농민군들에게 죽임을 당했다. 하지만 모두가 그건 것은 아니었다. 렌스 차징에 성공하고 그 탄력으로 한꺼번에 돌파하는 이들도 있었다.

하지만 쉽게 돌파하지는 못했다. 방패부대와 장창부대가 비단 1선에만 있는 것이 아니었다. 2선, 3선에도 있었다. 뛰어넘고 꺼꾸러지고, 말 울음 소리와 비명 소리가 사방을 훑었다.

기사와 중기병이 2선에 도달했을 때 2파인 중기병이 도달했고, 그 바로 뒤를 경기병이 따랐다. 1파인 중기병이 제 임무를 못하자 혼란에 휩싸인 동부군 진영이었다.

"안 되겠다! 저들을 가른다!"

"명!"

"돌겨~ 억!"

산등성을 타고 이동하던 알렉세이 밀리예프 자작이 2만의 병력을 대동하고 득달같이 적의 4선 지점을 갈랐다.

그것을 날카롭게 직시하는 자가 있었으니 바로 농민군의 군사로 있는 웨인 슬로터였다.

"이때입니다. 신호 화살을 쏘아 올리십시오. 직후 궁수대에게 사격을 명하십시오. 목표는 후방 지역입니다."

"불화살을 쏴라!"

한 발의 불화살이 하늘을 날았다. 그와 동시에 후미에 자리 잡고 있던 궁수대가 앞으로 나서며 동부군의 3파 후미에 있는 4파를 형성할 예비 부대에 화살을 쏘아 올렸다.

이로써 좁은 지역에서 완전하게 고립되어 버린 1, 2, 3파였다.

문제는 그것만이 아니었다. 알렉세이 밀리예프 자작이 밀고 들어온 좌측 산비탈에서 1만가량의 농민군이 좌군의 후미를 잡고 뛰어들고 있었다.

우측의 산비탈 역시 다르지 않았다. 어디에 숨어 있었던 것일까? 하지만 좌측과 다르게 우측에서는 아군이 보이지 않았다. 농민군만 보였다. 아군은 그저 함성 소리만 우렁차게 들려올 뿐이었다.

"허어~ 이게 무슨!"

밀리예프 후작은 말에서 벌떡 일어나며 경호성을 내질렀다. 설마 저 군세가 전부가 아니라는 것에 당혹감을 느낀 것이다. 주력이 완벽하게 고립되어 버렸다.

"와아아아!"

그러는 사이 갑자기 후미에서 엄청난 함성이 들려왔다. 이는 분명 아군의 함성 소리가 아니었다. 그 소리에 멘테스 경이 벌떡 일어났다.

"서, 설마?!"

멘테스 경의 얼굴이 새파랗게 질려 버렸다. 일생일대의 실수다. 분명 가능성이 있으나 그저 우려로 치부할 정도였다. 정보도 확실했다. 한데 일이 틀어졌다. 후방에서 우려로만 치부했던 바로 그 지원군이 들이닥친 것이다.

"전속 전진!"

이에 밀리예프 후작이 취할 수 있는 방법은 별다른 것이 없었다. 밀리예프 후작은 굳은 표정으로 장검을 뽑아 들고 말을 몰아 앞으로 튀어 나가며 외쳤다. 지금의 상황에서 전력으로 앞을 돌파하여 적의 주력을 잡아내는 것이 최선의 수였다.

하지만 상황은 조금씩 더 절망적으로 변해가고 있었다.

4만이 다인 줄 알았던 적 군세는 적이 10만이 되었다. 아군은 앞뒤가 막혔고, 허리가 잘렸다. 거기에 정보의 오염까지 있었다.

몇 번의 승리를 거머쥐었으나 동부군은 단 한 번의 실수로 전멸의 위기에 몰린 것이다.

"하아~ 이곳이 나의 무덤 자리던가?"

하늘을 보고 그저 한탄하며 시름에 젖었을 무렵 또 하나의 우레와 같은 함성이 후미에서 터져 나왔다. 멘테스 경의 눈이 또다시 크게 떠졌다.

적인가 했더니 후작가의 깃발과 아이젠 남작가의 기가 보였다. 절망의 반전은 그때 시작됐다.

"와하하핫! 이놈들! 내가 바로 북부의 샤벨 타이거 레너드 베인이다!"

전방과 후미로 군세를 돌렸다던 베르누크 아이젠 남작의 기사들이다. 그리고 그를 따르는 1만의 군세. 그들은 노도와 같이 3만에 달하는 후미의 농민군에게 짓쳐들고 있었다.

20명 남짓의 기사는 각자의 무기에 오러 안과 오러 리저넌스를 두르고 마치 풍요로운 가을날 잘 익은 밀을 수확하듯이 거침없이 농민군을 베어 넘겼다.

그들의 진격 앞에 살아남는 농민군은 없었다. 그러한 20명 남짓의 기사의 활약에 고무되어서인지 1만의 병사는 용기백배하여 농민군을 압박하였고, 지원군이 오자 초기에 우왕좌왕하던 동부군의 치중부대와 후미의 군사들 역시 다시금 힘을 내 농민군을 압박해 들었다.

"허허, 그가 맞았다는 말인가? 그가?"

후미의 상황을 보며 그렇게 독백하던 멘테스 경은 이내 새파란 눈빛을 드러냈다.

"역시 현자의 탑인가? 아이젠 남작에게 벌써 두 번이나 목숨의 빚을 지는군. 두 번은 살려줘야 하는 것인가?"

그는 이미 베르누크의 군사인 카림의 정체를 짐작하고 있던 것이다.

후미의 상황이 호전되었다고 안심할 수는 없었다. 후미의 상황보다는 못하지만 그와 비슷한 상황이 전방에서도 여실이 일어나고 있었다. 오히려 후방보다 더 위태위태했다.

그 와중에 나타난 베르누크와 제이는 득달같이 농민군의 배후로 쇄도했다. 1만의 병사를 다시 5천으로 쪼개 둘로 나누었다. 전혀 예상치 않은 두 방향의 후미 공격. 그것은 실로 시기적절하여 적을 적잖이 당황케 했다.

그리고 또 하나, 아드리안 남작이 가운데를 가른 농민군의 후미를 다시 잡아버렸다. 그는 숨어서 베르누크가 적의 후미를 잡기를 기다렸고, 바로 지금 불과 2천 정도에 지나지 않지만 가운데 갇혀 옴짝달싹도 못하는 중군을 구하기에는 충분했다.

하지만 농민군의 군사인 웨인 슬레터는 침착하게 궁수대에게 궁을 버리게 하고 지휘부에 있던 일단의 병사를 뒤로 돌렸다. 그리고 좌측 비탈에서 쏟아져 내려오는 1만 5천의 병력을 후미로 돌렸다.

그것만으로 충분하다 생각했다. 자그마치 후미로 돌린 병력이 3만에 달하니까 말이다. 그렇게 조치를 취하고 다시 전방으로 시선을 돌렸다. 겨우 1만으로 3만을 당할 수는 없다.

전방은 치열한 난전을 계속하고 있었다. 비록 허리가 잘리고 상당히 많은 피해를 입었다고는 하지만 그래도 동부군의 정예고 제국의 병사들이다. 난전이라 하지만 쉽지 않은 싸움이 계속되었다.

'뭐지?'

전방을 향하던 웨인 슬레터의 눈이 적의 후방으로 향했다. 분명 3만의 병력이면 이미 치중 부대와 예비 부대를 격파하고 중앙으로 치달아야 한다. 하지만 전혀 소식이 없었다.

불안한 느낌이 들었다. 웨인 슬레터는 급히 지휘부에 만들어놓은 6미터 높이의 전망탑으로 올랐다.

이번 작전의 수장으로 임명된 에인리히 레이백은 명령을 내리느라 정신이 없었다. 실질적으로 전장을 통제하고 관리하는 것은 자신의 몫이다. 저런 머리에 똥만 찬 놈에게는 그저 고래고래 소리치는 것이나 시키면 딱 맞다.

그런 생각으로 전망탑에 오른 웨인 슬레터는 눈을 크게 홉떴다.

"저, 저건… 뭐……."

"핫!"

차차차차차창!

콰직!

베르누크가 할버드를 휘두를 때마다 공간이 찢어지고 선혈이 난무하며 너댓 명의 목이 하늘로 치솟아 올랐다. 베르누크는 무표정한 얼굴로 연신 애병인 할버드를 휘둘렀다.

후우우웅!

무섭고 매서운 바람이 사방을 격하며 쏟아졌다. 베르누크의 할버드는 인정사정 없었다. 5미터에 달하는 사정거리 내의 모든 인명을 손안에 쥐고 다가오기 무섭게 베어 넘기고 있었다.

"놈! 죽어랏!"

적의 장수로 보이는 자가 배틀 액스를 휘두르며 베르누크의 간격에 들어섰다. 그자 또한 나름의 배움이 있는지 그의 배틀 액스에는 오러 안이 새하얗게 빛나고 있었다.

베르누크는 무표정했다. 그의 눈에는 조금이라도 빨리 자신의 진로를 막고 있는 장애물을 치워야 한다는 의지가 깃들어 있었다. 베르누크는 기묘하게 할버드를 흔들며 장애물을 향해 휘둘렀다.

쩌억!

잘 익은 수박 깨지는 소리, 이미 베르누크의 시선은 이미 그곳에 없었다. 자신이 조금이라도 더 죽여야 부하들이 덜 피로하다. 영주가 되어 이 진흙탕 속에 발을 디디며 베르누크는 깨달았다.

자신이 갈 곳은 크고 잔악하고 무서운 지옥뿐이라는 것을. 난세에 태어난 운명이란 그렇다. 피의 굴레를 벗어나지 못한다면 자신은 그 누구보다 많은 피를 뒤집어쓸 것이다.

끊임없이 날아오고 찔러들어 오는 검, 도, 창, 부였다. 이루 다 셀 수 없을 정도의 다양한 무기가 베르누크를 향해 날아들었다. 피가 튀었고, 뼈가 부러졌으며, 살이 베였다.

이미 날카롭고 예리하게 갈린 할버드의 날에는 핏방울이 맺혔으며, 그 끝에서 날카롭게 빛나던 창은 피와 살점으로 얼룩져 있다. 그나마 다행인 것은 검붉은 플레이트 메일 덕에 핏물이 잘 보이지 않는다는 점이다.

"네놈!"

"죽엇!"

또다시 엄습해 오는 오러의 향연. 베르누크의 전신에 투명한 막이 생성되었다. 사방에서 엄습해 오는 진득진득하고 지독한 오러로부터 자신을 보호하기 위한 것이다. 혹자들은 그것을 오러 멤브레인(호신강기)이라고 한다.

따다다다다당!

부우우우웅!

베르누크를 중심으로 거센 회오리바람이 불었다.

까가가가가강!

쇳소리와 함께 마나가 터져 나가는 소리가 빗물이 얇은 판자 지붕을 두드리는 소리처럼 요란하게 울렸다. 베르누크와 무기를 부딪친 상대들은 몸을 부르르 떨었다.

어떤 이는 무기를 지른 상태 그대로 굳었다. 어떤 이는 놀라 입을 벌린 상태로 움직일 줄을 몰랐다. 그리고 베르누크는 무심하게 그들의 옆으로 말을 몰아 지나쳤다.

투두두둑!

"마, 마왕이다! 아, 악마야!"

그것이 시작이었을 게다. 그때부터 베르누크는 무인지경으로 농민군 후방을 휩쓸고 다녔다. 그리고 어느샌가 그의 옆에는 제이가 와 있었다. 그 둘이 가는 반대 방향으로 병력이

쏠렸다.

그들을 피해 달아나는 것처럼, 마치 양떼 속으로 뛰어든 사자를 피해 달아나는 것처럼. 검도 필요 없고 화살도 필요 없었다. 그 둘을 따르는 병사들은 용기백배했다.

적에게는 마왕으로, 아군에게는 천신으로 비쳐지는 베르누크와 제이였다. 그리고 이내 3만의 후방군이 돌파당했다. 1만으로 3만을 포위하여 몰아붙이고, 베르누크는 지휘부까지 도달하였다.

"네놈! 대체 누구냐!"

"북부의 베르누크 아이젠 남작!"

그렇게 말하고 베르누크는 다시 할버드를 휘둘러 나갔다.

베르누크와 마주 대하고 있는 자, 그는 바로 농민군 우군장이었던 에인리히 레이백이다. 그의 눈에서 불꽃이 일었다.

다 되었던 일이다. 조금만 더 당기면 전멸시킬 수 있었다. 한데 단 한 명에 의해 무너져 내렸다. 고개를 살짝 들어 올려 전망탑을 바라보았다. 군사인 웨인 슬레터는 망연자실하여 철퍼덕 주저앉아 있었다.

주변을 살펴보았다.

"크하하하핫! 재밌어. 정말 재밌어. 내가 바로 형님의 동생 제이 브레이커다!"

자신의 앞에 선 자보다 머리 하나는 더 큰 거구의 사내. 하프 오우거라 해도 믿을 정도의 사내는 사방으로 그 무서운 쇠몽둥이를 휘두르며 피떡으로 만들고 있었다.

반경 6~7미터 이내에는 그 누구도 접근하지 못했다. 그가 움직이는 곳에 공간이 생겼고, 시체가 산처럼 쌓였다. 이미 농민군의 진형은 무너진 지 오래다. 앞뒤로 동부군을 압박하려던 계획은 성공했으나 자신들도 역시 앞뒤로 압박을 당해버렸다.

역에 역을 친 것이다.

'어디서부터 잘못되었을까?

불현듯 든 생각이다. 하지만 알 수 없었다. 그리고 분명한 것은 아이반 성의 패퇴로 인해 자신의 몰락은 이미 예견되었다는 것이다. 느릿하지만 앞으로 펼쳐질 농민군의 상황이 조금은 보였다.

"하아아앗!"

서걱!

베르누크와 에인리히 레이백의 위치가 바뀌었다. 그리고 에인리히 레이백의 목이 마치 미끄러지듯이 지면으로 떨어져내렸다. 베르누크는 창끝으로 에인리히 레이백의 목을 찍었다.

그리고 그것을 높이 들어 크게 외쳤다.

"여기 적장의 목이 있다!"

"우와아아아!"

"항복하라! 항복하면 살려줄 것이다!"

동부군에게는 그야말로 단비와 같은 외침이 터져 나왔다. 그리고 농민군에게는 최악의 상황이 되어버렸다.

이후 구심점을 잃은 농민군은 지리멸렬하며 일부는 도망치고 일부는 포로가 되었다.

승리는 하였지만, 이번 전투로 동부군도 상당한 타격을 입었다. 치중의 일부가 불에 타고 7만여 병사가 죽었다. 물론 4만여 농민군을 포로로 잡았으니 그들을 흡수한다면 결국 3만여 병사가 죽은 것이 되겠지만 말이다.

하지만 오브레임 백작이 심각한 부상을 입었고, 밀리예프 후작의 장자인 알렉세이 밀리예프 자작 역시 가볍지 않은 부상을 입었다. 그리고 대부분의 지휘관이 크고 작은 상처를 입었음은 주지할 필요도 없다.

대부분의 농민들은 종군하기를 소원했고, 상당한 병력을 잃은 밀리예프 후작은 그들을 포로로 대하기보다는 활용하는 편이 더 낫다 생각하여 그들을 병력으로 흡수하였다.

개중 몇몇은 밀리예프 후작에게 종군하지 않고 베르누크에게 종군하기를 간청하였다. 대표적으로 농민군의 군사 격이었던 웨인 슬레터가 있었으며, 베르누크의 살 떨리는 무력에 감명 받은 데이브 바티스타가 있었다.

베르누크는 물었다.

"왜 나인가?"

"제가 계획한 회심의 일격을 대체 누가 깨뜨렸는지 알고 싶어서입니다."

"무의 끝을 보고 싶었습니다."

웨인 슬레터야 이미 베르누크가 그 실력을 인정하는 바다. 그동안 꽁꽁 꿍쳐 두었던 정령을 쓰게 만들었으니 말이다. 문제는 데이브 바티스타였는데 그는 제이가 실력을 인정했다.

그 격전의 와중에서 제이의 거대한 몽둥이질을 무려 30분 이상 받아낸 실력이니 말 다 한 것이다. 창고의 기사단 중 서열 4위를 차지하는 유리 바실리코프 경이 제이와의 대련에서 겨우 25분 정도 버티는 상황이니 상당한 실력이라 할 것이다.

그리고 또 하나 중요한 점은, 밀리예프 후작가를 구성하는 무력의 한 축으로 자리를 잡았다는 것이다. 물론 그것은 대외적인 것이었다.

참모부의 이인자인 슈미트 카고를 중심으로 한 골수 동부 귀족들에게 중점적으로 견제를 당하기 시작하는 시점이라 할 것이다.

CHAPTER
05

반란의 끝

Knight King

동부군의 행군이 더뎌졌다. 그만큼 아인스쿠나 산을 벗어나며 입은 타격이 컸다는 것을 의미했다.

베르누크는 여전히 용병군의 사령관이었다. 물론 용병군은 1만 명으로 다시 늘어난 상태였다.

밀리예프 후작은 그를 가까이 두려 했으나 부참모장과 몇몇의 귀족이 극렬히 반대했다. 어쩐 일인지 참모장인 멘테스 경 역시 별달리 조언을 해오지 않았다.

밀리예프 후작으로서는 잠시 호흡을 가다듬을 필요가 있었다. 두 번의 큰 승리 중 한 번은 패배에 가까운 승리였다.

입맛이 상당히 쓴 승리라 할 것이다. 그에 현재의 상황을 살펴보았다.

부참모장인 슈미트 카고의 말이 틀리지는 않았다. 베르누크 한 명과 동부의 귀족들이다. 결국 동부의 귀족을 택해야 함이 마땅했다. 그러하기에 멘테스 경은 별다른 조언을 하지 않았을 것이다.

또한 베르누크에게 크게는 한 번, 작게는 두 번의 도움 아닌 도움을 받았다. 바로 이 아인스쿠나 산을 넘기 위해서 말이다. 그래서 한 번을 이렇게 무마한 것일 게다. 그렇다는 것은 끌어안기보다는 제거 쪽으로 무게를 두고 있다는 의미일 것이다.

해서 밀리예프 후작은 일단 귀족들의 손을 들어주기로 했다. 그리고 언젠가는 한번 베르누크라는 인물과 심도 있는 대화를 해보아야 할 듯했다. 그를 안다 했는데 가면 갈수록 모를 것투성이다.

"어서 오게. 오는 동안 피해가 조금 있었다지?"

"그리 큰 피해는 없었네."

"그래? 잘되었군."

밀리예프 후작은 지금 하인츠 구데리안 후작과 대화 중이었다. 멀지도 가깝지도 않은 사이. 연배가 비슷하고 작위도 같기에 그저 알고 있는 친우 정도로만 지내왔다.

"듣자 하니 자네 동부군에 데빌 킹(악마왕)과 그를 따르는 서른 남짓의 블러디 나이츠(피의 기사)가 있다고 하던데."

"음? 그게 무슨 소린가?"

"소문 못 들었는가?"

"소문? 소문이라……."

이미 어느 정도 짐작은 하고 있는 밀리예프 후작이다. 기분이 썩 좋지 않았다. 하지만 그것을 얼굴에 드러낼 정도로 순수한 밀리예프 후작은 아니었다. 그저 가면의 표정을 유지할 뿐.

데빌 킹은 베르누크 아이젠 남작을 말함이고 블러디 나이츠는 바로 그의 기사들을 말함일 것이다.

베르누크의 수신호위인 제이 브레이커는 투마왕 발록이라 불렸다. 기사단장인 레너드 베인 경은 샤벨 타이거가 아닌, 그의 오러가 순백색이 아니라 불꽃처럼 불타오르는 붉은색이라 불의 마왕인 플뤼톤이라 불렸다. 그 둘을 제외하고도 기사단의 기사 모두가 특색에 맞는 호칭을 가지게 되었다.

적에게는 악마로, 마왕으로 불렸지만 그 호칭은 아군에게는 절대의 믿음과 신뢰를 주고 있었다. 밀리예프 후작이 중군장의 주둔지에 도착하자 병사들은 환호했었다. 그를 보고 환호하는 것이 아니라 가장 뒤에서 용병군을 인솔해 오고 있는 베르누크 아이젠 남작과 그의 기사들을 보고 환호했다.

처음 주둔지에 입성할 때 환호를 받음에 자랑스러웠다. 밀리예프 후작은 자신을 향한 환호인 줄 알았으니 말이다. 하지만 그 열렬한 환호가 자신을 향한 것이 아닌 베르누크 아이젠 남작과 그 기사들을 향한 환호라는 것을 알았을 때는 질투가 났다.

의동생이고 자신의 휘하에 있는 북부 벽촌의 이름 모를 남작이거늘 자신에게 환호하지 않고 그들에게 환호한다. 밀리예프 후작의 표정이 굳어진 것을 모르지 않은 참모장과 부참모장이다.

참모장은 침묵했다. 하나 부참모장은 아니었다. 밀리예프 후작의 그 시기와 질투심의 틈을 파고들었다. 그러함에 조금씩 베르누크를 견제하게 되고, 멀리하게 되어버린 밀리예프 후작이었다.

밀리예프 후작과 구데리안 후작과의 대화는 결국 밀리예프 후작이 베르누크를 견제하게 되는 결정적인 요인이 되어버렸다. 물론 구데리안 후작이 의도하지는 않았으나, 상황이 그렇게 흘러가고 있었다.

밀리예프 후작과의 대화 이후에도 농민군과의 대치 상황은 계속되었다. 원인은 바로 우군의 부재였다. 그들이 합류하기를 기다리고 있으나 그들은 움직이지 않고, 남은 잔당을 처리한다고 여전히 크립톤 성에서 움직이지 않았다.

이래저래 답답해진 구데리안 후작은 지휘관 막사에서 군사인 예이츠 경을 불러 자신의 심경을 토로하려 하였다. 하지만 예이츠 경은 지휘관 막사에 들어와 앉자마자 먼저 말을 꺼내고 있었다.

"어차피 그들은 오지 않을 것입니다."

하인츠 구데리안 후작은 자신의 군사인 도리안 예이츠 경을 바라보았다. 직관이 매우 뛰어나며 상황 판단력이 누구보다 예리한 군사다. 그가 그렇게 말했다는 것은 이미 상황 파악이 끝났다는 것을 의미한다.

"듣도록 하겠네."

"정보에 의하면 에인리히 에레보스탄이 재상에게 직접 손을 썼다고 합니다. 이번에 합류한 동부군 역시 반란군의 우군을 깨뜨렸으니, 더 이상의 힘의 낭비보다는 적당히 호응하면서 힘을 축적할 때라고 생각하는 모양입니다."

그러할 것이다. 모양이 좋지 않았다. 구데리안 후작도 밀리예프 후작도 같은 작위이고 같은 군 사령관이라는 직위이다. 자신의 임무는 이미 완료된 상태인데 굳이 힘을 뺄 필요는 없는 것이 사실이었다.

"동부는 그렇다 치더라도, 문제는 재상인데……. 무슨 일을 꾸미려는지 알 수가 없군."

"재상 측이 일을 꾸민다 하여도 아마 반란이 진압되고 논

공행상이 끝날 때쯤이나 혹은 진행 중에 일을 벌일 가능성이
높습니다."

"하긴 지금 상황에서는 그러하겠지. 하면 결국 재상의 수
중에 있는 서부군은 완전히 제외하고, 동부군과 우리가 연합
해서 저들을 쳐야 한다는 말이로군."

"그렇습니다."

"전체 회의를 소집하게. 더 이상 미뤄둘 수만은 없겠구먼.
그리고 동부군은… 강권은 하지 말게."

"알겠습니다."

회의를 소집했지만 정작 모인 것은 중군의 귀족들과 기사
들뿐이었다. 동부군의 입장에서는 의미가 없었다. 동등한 입
장이 아닌 무언가 지고 들어가는 듯한 인상을 주기에 중군의
사령관인 하인츠 구데리안 후작이 회의를 소집하자 밀리예프
후작도 회의를 소집한 것이다.

이른바 기세 싸움이라는 것이다. 소드 마스터도 없고 아인
스쿠나 산을 넘으며 많은 병력을 잃었지만, 아직 18만의 군세
가 있고 추가로 종군하기를 원하는 포로 4만이 있으니 충분
히 해볼 만하다는 계산이 나온 것이다.

둘 다 누가 누구 밑으로 들어간다는 것은 상상조차 할 수
없었다. 그리고 이미 동부군은 공을 세웠다. 하지만 중군의
사령관으로 있는 하인츠 구데리안 후작은 전혀 공이 없었다.

이쯤 되자 마음이 다급한 것은 구데리안 후작이었다. 제국에서 지원한 세 개의 진압군 중 자신만이 제대로 된 공을 세우지 못한 것이다. 물론 가장 강성한 상대를 맞이한 것은 사실이지만 그렇다고 모든 상황이 인정되는 것은 아니다.

초조해진 구데리안 후작은 은밀히 밀리예프 후작에게 사람을 보냈다. 바로 군사부에서 가장 언변이 능하기도 하지만 밀리예프 후작과의 자그마한 끈을 가지고 있는 죠쉬 벤틀리 경이었다.

밀리예프 후작의 막사에 침중한 얼굴의 밀리예프 후작과 그의 앞에 그를 똑 닮은 젊은 기사가 역시 굳은 얼굴로 서로를 마주보고 앉아 있었다. 긴 침묵 끝에 밀리예프 후작이 낮게 깔리는 목소리로 입을 열었다.

"오랜만이군."

"오랜만에 뵙습니다."

"그래, 그동안 잘 지냈고?"

"덕분에 잘 지내고 있습니다."

"구데리안 후작의 그늘에 있다고?"

"밀리예프 후작 각하께 짐이 되지 않으려니 그 방법밖에 없었습니다."

밀리예프 후작은 눈을 좁히며 앞에 앉아 있는 사내를 바라보았다. 한순간의 잘못으로 인하여 태어난 이다. 그리고 상당히 거치적거리기도 하다. 그와의 관계가 밝혀진다면 치명적이지는 않을지라도 지금의 기반에 동요 정도는 일어날 그런 관계라 할 수 있었다.

"원하는 게 뭔가?"

"아시다시피 제가 주군으로 모시고 있는 후작 각하께서 난처한 상황에 놓였습니다."

"그래서 도와달라?"

"그렇습니다."

"……."

침묵이 이어졌다. 벤틀리 경 역시 입을 열지 않고 앞에 놓인 차를 홀짝이고만 있다. 결코 바람직한 만남은 아니었다. 자신도 만나기 싫었지만 주군의 부탁에 만나지 않을 수 없었다.

"들어주면 이것으로 그대와 나의 관계는 끊어지는 것이겠지?"

"장담합니다."

"그것을 어찌 믿을꼬?"

"저 역시 이 자리에 오기 싫었습니다. 이미 주군이 거둔 목숨이고 없어진 목숨이기에 이 자리에 있습니다. 부탁드립니다."

밀리예프 후작의 눈자위가 가늘게 떨렸다. 애중이 밀려왔다.

"그러도록 하지."

"감사합니다."

"그 말을 듣고자 도와주는 것이 아니네. 앞으로는 볼 일이 없었으면 하네."

"제 이름을 걸고 맹세합니다."

"믿어보지."

벤틀리 경이 찻잔을 놓고 일어섰다. 그리고 고개를 숙여 예를 취하고는 막사를 나왔다. 과연 구데리안 후작이었다. 자신의 드러내고 싶지 않은 치부를 이용할 줄은 몰랐다.

불쾌하지만 어쨌든 하나의 악연을 끊어냈다는 것에 대해서는 만족스러웠다. 벤틀리 경의 성정을 잘 알고 있으니 그가 그렇다면 그런 것일 게다.

"그러니까 저더러 이번에는 선봉을 맡고 저곳을 부술 방도를 내라는 말씀이십니까?"

"왜, 싫은가?"

베르누크의 눈이 가늘어졌다. 노골적으로 자신을 배척하는 밀리예프 후작이다. 이빨을 드러낼 줄은 알았지만 이렇게 노골적일 줄은 상상하지 못했던 베르누크는 어이가 없었다.

"성공하면 저에게 뭘 주시겠습니까?"

"자네를 놓아주지."

실로 미묘한 곳에서 터져 나오는 소리다. 그 의미조차도 미묘했다. 무엇을 놓아준다는 것인지, 놓아주면 모든 것을 잊겠다는 것인지, 아니면 너의 생사에 관여하지 않겠다는 것인지 도무지 알 수 없는 말이었다.

중요한 것은 그런 말을 하는 밀리예프 후작의 의중이다. 저렇듯 사람 좋은 얼굴을 하고 뒤에서는 무슨 짓을 만들지 모를 이가 바로 밀리예프 후작이기 때문이다.

"언제 저를 잡으셨던가요?"

슬쩍 웃음까지 띠며 반문하는 베르누크였다. 이번에는 밀리예프 후작이 당황했다. 이 또한 매우 애매모호한 말이다. 어찌 보면 네가 날 잡을 정도의 그릇이냐고 해석할 수도 있고, 또 다른 한편으로는 난 처음부터 자유였다는 말이 될 수도 있었다.

또 다른 의미로는 키워주지도 않고 버려두더니 이제 와서 좀 유명해지고 자신보다 더 환호를 받으니 버리려 한다는 비수를 찌르는 것도 같았다. 여러 모로 어간을 해석해 보려 했지만 상당히 모호했다.

"향후 5년간 상호불가침에 대한 약조를 주시면 선봉에 서겠습니다."

"상호불가침?"

"어떠한 배타적인 행위도 하지 않는다는 약조입니다. 밀리예프 후작 각하와의 약조이기도 하고 가문 대 가문과의 약조이기도 합니다."

베르누크의 말에 자신의 내심을 들킨 것 같아 뜨끔한 밀리예프 후작이다. 자신의 속내를 정확히 짚어내고 있다. 이미 베르누크는 자신의 어간을 짚어냈다는 것이다. 순간 후회할지도 모른다는 생각이 들었다.

"약조하지."

"일주일의 시간을 주십시오."

"못하면?"

"목을 드리겠습니다."

"믿어보지."

밀리예프 후작과의 밀담이 끝났다. 베르누크의 표정에서는 암담함보다는 후련함이 엿보였다. 기실 엉겁결에 맺은 의형제지만 그래도 마음 한쪽 구석에는 꺼림칙함이 남아 있었다.

스스로를 영웅이니 간웅이니 하는 범주에 놓고 생각해 보지 않았기 때문이다.

활용할 줄은 알지만 이용할 줄은 모른다는 말이 있다. 어감의 차이일 수도 있겠으나 활용이란 적재적소라는 느낌이 들지만 이용이란 쓰고 버린다는 느낌을 지울 수 없다.

베르누크는 스스로 활용한다고 생각했다. 이용은 너무나 극단적인 말이다. 어찌 되었든 이번 전투로 든든하게 뒤를 받쳐 주던 밀리예프 후작과의 관계는 끝일 것이다.

그리고 향후 5년간은 밀리예프 후작가의 별다른 도발은 없을 것이다. 그저 우호적인 관계? 그 정도의 연장선이 될 것은 분명하다. 그 후의 일은 어찌 변할지 모르지만.

또한 이미 이에 대한 각오는 다짐하고 있다. 직접적인 도발은 없을지라도 어떠한 방법을 사용하든 자신에 대한 제거와 도전은 계속될 것이라는 것을 말이다.

후작가의 영향력은 비단 밝은 곳뿐만 아니라 어두운 곳에도 큰 힘을 발휘하기 때문이다. 지금의 난세를 어느 정도 예측할 정도의 후작가라면 자체적으로 정보 조직도 있겠으나 어둠을 해결할 조직도 있을 것이기에.

*　　　*　　　*

"결국은 그렇게 되었군요."

"예상하고 있었어?"

"밀리예프 후작이 뛰어난 건 사실입니다만 주군을 품기에는 그릇이 작습니다. 또한 조금 간지럽기는 하지만 주군 역시 누구의 품에 들어가기에는 덩치가 너무 크고요."

"간지럽기는 하네."

베르누크는 피식 웃는 것으로 밀리예프 후작과의 관계를
정리했다.

"그런데 어쩐다? 일주일이라고 못을 박아버렸으니."

"심려 놓으셔도 됩니다."

"방법이 있어?"

"여기 있는 세 명을 그저 허수아비로 보시는 것 아닙니
까?"

"아니 뭐, 꼭 그렇다는 것은 아니고."

"있으니 걱정하지 마십시오. 그리고 내일 저녁쯤에 멀리
화살을 날릴 수 있는 힘 좋은 병사와 입담 좋고 무력이 뛰어
난 기사나 병사, 혹은 용병을 좀 부탁드립니다."

"몇 명이나?"

"궁수는 열두 명 정도면 되고, 입담이 뛰어나고 무력이 좋
은 이는 대략 여덟 명 정도면 될 것 같습니다."

이유는 묻지 않았다. 작전에 대한 비밀은 알고 있는 사람이
적으면 적을수록 그 성공 확률이 높아진다. 그리고 그 저변에
는 군사장에 대한 신뢰도 작용하고 있었다.

늦은 저녁.

카림은 베르누크가 선발한 열두 명의 궁수에게 종이를 나눠 주며 말했다.

"너희는 각 세 명씩 조를 이루어 동, 서, 남, 북의 네 성문으로 흩어져 이 종이를 화살에 달아매 성안으로 쏘아 넣어라."

그리고 나름 입담이 좋고 무력 또한 손가락 안에 드는 자들로 선발된 여덟 명을 모아놓고 역시 종이를 나눠 주며 말했다.

"읽어보시고 거기에 살을 붙여서 소문을 내는 것입니다. 단, 절대 의심받지 않아야 한다는 것을 명심하시기 바랍니다. 그리고 마지막에 쓰여 있는 사항을 반드시 지켜야 합니다."

그러한 카림의 행동에 베르누크는 어렴풋이 그 의미를 알아차릴 수 있었다.

돌로 단단하게 싸인 성을 공성전으로 깨뜨린다는 것은 요원한 일이라 할 수 있다. 하지만 내부로부터 호응이 있으면 쉽게 깨뜨릴 수 있다.

지금 카림은 내부로부터의 호응을 위해 사전 작업 중이라는 것을 알 수 있었다. 그리고 그 가능성은 충분했다.

베들란 성 안에 있는 농민군도 나름의 소문을 들었을 것이다. 하지만 아직까지는 설마 하고 있을 것이다. 그러한 이유는 아직 제국군 우군이 당도하지 않았고, 후방의 든든한 우군인 엘라임 성 역시 함락당하지 않았다.

거짓일지 모른다는 생각이 지배적일 것이다. 거기에 베들란 성에 있는 농민군의 수뇌부는 진위 여부를 떠나 정보를 조작하고 있을 것이다. 사기가 떨어지면 그야말로 모든 것이 물거품이 되니까 말이다.

사방이 막히지도 않았고, 조심스럽기는 하지만 후방의 엘라임 성과도 주기적으로 연락을 한다. 하니 아직 여유를 가지고 있는 농민군의 수뇌부이고 농민군이다.

그것을 흔들자는 작전일 것이다. 어차피 소문이다. 그들에게 있어서는 소문이겠으나 실질적으로 있었던 일을 퍼뜨린다. 그리고 그것은 90%의 사실과 10%의 절대적인 과장을 섞으니 그 파급효과는 더 뛰어날 것이다.

베르누크는 조용히 기다렸다. 기다리는 동안 밀리예프 후작에게 건의해 일단의 군사를 베들란 성의 후위로 이동시켰다. 엘라임 성과의 모든 길을 차단하기 위한 작전이다.

준비는 차곡차곡 진행되었다. 물론 모든 준비는 밝은 낮이 아닌 적이 잠에 곯아떨어진 밤에 진행되었다. 극비를 요하는 작전이었으니까 말이다.

성내에 흉흉하며 괴상한 소문이 떠돌았다. 요는 농민군의 우군은 아이반 성에서 크게 패하고 아인스쿠나 산에서 최후의 대전을 벌였으나 그들 또한 패해 우군장인 에인리히 레이백의 목이 제국군의 창끝에 매달렸다는 것이 하나였다.

그 둘은, 농민군의 좌군이 최후의 결전을 준비하고 커다란 벽처럼 막아서고 있던 크립톤 성이 점령당했으며, 좌군장인 카일란 예이츠는 크립톤 성의 성루에 효시되어 있다는 것이다.

그리고 지금 성 밖에는 제국의 동부군과 제국의 중앙군이 공격 날짜만 기다리고 있다는 것과 공격이 개시되기 전에 후방의 든든한 버팀목인 엘라임 성과의 통로를 차단할 것이라는 소문이 들려왔다.

처음에는 긴가민가하던 농민군들은 실제 상당한 수의 병사들이 후방으로 이동하는 것을 보게 되었고, 점점 후방으로 통하는 통로의 개수가 줄어듦에 초조해졌다.

그것은 비단 농민군만이 아니었다. 불과 3~4일 정도 소문이 나돌았음에도 불구하고 지휘부는 아니더라도 농민군을 움직이는 사령들까지 그 소문을 듣고 지도부에 대한 신뢰를 의심하는 이까지 생겨났다.

그중 대표적인 이로 베들란 성의 토착 세력으로 헤롤드 브룸필드라는 자가 있어 메르힌 에레보스탄을 도와 제국군에 대항하고 있었다. 그는 농민군이 베들란 성을 점령할 때 가장 그 역할을 많이 했던 자다.

베들란 성의 성주인 이바노프 베들란의 목을 쳐 메르힌 에레보스탄에게 바치고 성문을 열었던 자이니 당연할 것이다. 그리고 그 이후에도 제국군과의 전투에서 가장 앞장서 싸워왔으니 농민군의 수장인 메르힌 에레보스탄으로부터 상당한 신임을 받는 자였다.

하지만 요즘 들어 그 관계가 상당히 소원해지고 있었다. 원인은 바로 헤롤드 브룸필드가 에레보스탄의 신임을 받고는 있지만 최측근은 아니라는 점이었고, 또 다른 하나는 그가 직접 베들란 성의 성주였던 이바노프 베들란의 목을 쳤다는 데 있었다.

처음 승승장구할 때는 그것이 장점으로 작용했으나 계속 패하고 여기저기서 안 좋은 소문이 들려오자 자연 그를 멀리하게 되었다. 한번 배신한 자는 또다시 배신한다는 것이 그 이유였다.

아무리 신경이 무던한 사람도 그 정도면 충분히 상황 판단이 설 것이다. 하물며 나름 자신의 머리를 믿고 있던 헤롤드 브룸필드가 그러한 점을 판단하지 못할 수는 없었다.

그는 고민했다. 어찌해야 하나 하고 말이다. 그래도 견제는 들어와도, 믿음에서 멀어져 외곽으로 돌기는 해도 일군의 수장이니 농민군이 나을 것이라고 잠정적인 결론을 내릴 즈음 그는 부하가 들고 온 글을 읽을 수 있었다.

지금 농민군이 처한 상황을 일목요연하고 적나라하게 써

놓은 글이었다. 처음에는 절대 있을 수 없는 일이라고 치부하고 그 글을 가져온 병사를 오히려 야단쳤다.

하지만 느낌상 절대 이것이 틀린 말이 아닐 것이라는 생각이 들었다. 처음에는 제국군의 간교한 속임수라고 생각했다. 거짓 소문을 퍼뜨려 농민군의 이지를 흐리게 해 결속력을 저해할 목적으로 말이다.

하지만 그 글에 적혀 있는 내용은 소문으로 치부하기에는 너무나 적나라했다. 거기다 점점 후방과 연결된 통로가 끊어져 나가고 있었다. 그렇다는 것은 제국군이 이미 준비하고 있다는 것을 의미했다.

그렇다 보니 성안의 식량이 점점 부족해지고 있었고, 이제는 배식할 식량이 없어 군마를 잡아먹을 형편까지 되었다. 게다가 농민군의 민심도 날이 갈수록 흔들리고 있었다.

"내가 말이지, 어제 들었는데……."

"저기 성문 경비가 그러는데 말이야……."

"…해서 결국 우리는 여기서 죽을 수밖에 없는 거야."

"항복하면 살려준대. 아무런 죄를 묻지도 않고 말이지."

여기저기서 사람들이 수군대기 시작했다. 소문의 발원지가 어딘지는 확인조차 할 수 없었다. 한 군데서 시작된 소문이 아니라 동시다발적으로 떠도는 소문이었기 때문이다.

이에 농민군의 수뇌부도 상당히 고심하고 적들의 간계라

고 외쳐 보았지만 그리 신빙성을 가지지는 못했다.

그러한 사실을 충분히 인지하고 있는 헤롤드 브룸필드였다. 그렇지 않아도 지휘부에 불만이 쌓일 대로 쌓인 상태다. 그렇게 열과 성을 다했는데 돌아온 보상은 고작 북문 성문대장이었다.

헤롤드 브룸필드의 고민은 깊어만 갔다. 이제 곧 겨울이다. 병사가 가져온 글이 사실이라면 자신들을 구원할 구원병은 어디에도 없다는 것이다. 성 밖에 넓게 진영을 잡고 있는 제국군 역시 구원병에 대한 대비는 전혀 없어 보였다.

헤롤드 브룸필드는 자신의 부장들을 불러들였다. 부장이라 해봐야 겨우 두 명이다. 북쪽 성문만을 관리하기 때문이다. 그동안의 충성의 대가가 너무나도 초라했다.

"생각들을 말해보라."

"큼, 흠, 저어, 그것이……."

"괜찮네. 나도 어느 정도 생각하고 묻는 것이니 허심탄회하게 말해보게."

"제가 외부에서 들어온 용병을 만난 적이 있습니다."

"외부의 용병? 떠돌이였나 보구먼."

"이곳이 고향이라고 했습니다. 가족들을 데리고 밤에 탈출하기 위해 왔다 했습니다."

"이상하군. 그런 중요한 사항을 어찌 자네에게 털어놓는단 말인가? 적의 첩자일지도 모르겠군."

"그럴 경우도 생각해 봤습니다만 그런다고 이야기의 주제가 달라질 것은 없다고 봅니다. 저희가 할 수 있는 일은 북쪽 성문을 올리고 내리는 일 외에는 한계가 있으니까 말입니다."

부장 중 한 명인 제라드가 침통하게 말했다. 난을 일으킬 때부터 같이한 부장인 제라드와 홀랜드 두 형제다. 다 떨어져 나가고 자신에게 마지막 남은 두 사람이다.

"으음. 미안하이. 계속해 보게."

"그는 제국의 동부군에 소속되어 이곳까지 왔다고 합니다. 그의 말로는……."

그렇게 시작된 길고 긴 이야기는 한참 동안이나 계속되었다. 아주 세세하고 치밀하게 전개된 내용이었다. 실제 동부군이 아니고서는 알 수 없는 것까지 말이다.

"그렇다면 이 글이 정말 사실이라는 말이 되는군."

"그렇습니다."

순간 세 사람은 일제히 침묵이 빠져들었다. 다들 얼굴이 굳어 있다. 그리고 조심스럽게 헤롤드 브룸필드의 안색을 살폈다. 무슨 말인가 목구멍까지 올라오긴 하지만 차마 말을 꺼내지 못하는 표정들이다.

"우리도 이제 나름의 살길을 찾아야 하지 않겠나?"

"살길이라면?"

"자네들도 알고 있겠지? 지금 우리가 어떤 대우를 받고 있는지 말이네. 전임 성주의 목을 베어 가져다 줄 때는 마치 죽은 자식이 돌아온 듯 대하다 상황이 점점 어려워지니 이제는 겨우 북문을 지키는 개라니 말이네."

진심으로 헤롤드 브룸필드는 분노했다. 전임 성주의 목을 벨 때 얻은 얼굴의 상처가 아직도 욱신거린다. 그러한 분노는 헤롤드 브룸필드만이 아니었다. 아직까지 그의 곁에 남아 있는 두 부장 역시 그러했다.

싸울 때는 항상 선두에서 싸웠고, 획득한 물자가 있으면 위엣 놈들에게 절반 이상을 가져다 바쳤다. 그런데 고작 돌아온 것이 북문 수비대장도 아니고 북문 정문대장이다.

말이 대장이지 북문 전체를 관할하는 것이 아니라 그야말로 정문의 도개교를 올리고 내리며 출입하는 이들을 관리, 감시하는 것밖에 없다. 체포의 권한과 수사 등의 권한은 일체 없고 말이다.

그야말로 허수아비, 즉 아무런 힘도 없는 직책을 맡고 있는 것이다. 물론 초창기에야 개인적이기보다는 진정으로 농민군의 한 팔이 되기 위해서 그랬다지만 지금은 그 의미가 많이 퇴색해서 자신들을 홀대하는 농민군의 수뇌부에게 분함을 감출 수 없었다.

"어차피 여기서 이러느니 차라리 저들과 손을 잡는 것이 어떠한가?"

"저들이라면 제국군 말입니까?"

조심스럽게 물어오는 부장이다. 이미 그들도 내심 눈치채고 마음의 준비를 하고 있었다. 한 번이 어렵지 두 번은 쉬운 법이다. 거리낄 것도 없고 오히려 명분이 좋았다.

갖은 수탈과 악행을 일삼고 농민군을 굶어 죽게 만드는 지휘부에 대한 심판이라고 하면 충분히 납득할 수 있으니 말이다.

"경비병들은 자네들이 알아서 포섭하게."

"그것은 염려 놓으십시오. 하면 언제……?"

"바로 하는 것이 좋지 않겠나? 어차피 시간문제인데 말일세."

"알겠습니다."

그날 밤, 베들란 성의 북문 도개교 옆의 쪽문이 살짝 열리며 은밀하게 움직이는 그림자가 제국군을 향해 달려나갔다. 그리고 새벽녘에 다시 도개교 옆의 쪽문이 열리며 그 안으로 그림자가 빨리듯이 달려들었다.

*   *   *

모든 준비는 완비되었다. 베르누크는 밀리예프 후작에게
통보했고, 밀리예프 후작은 구데리안 후작과 연합하여 세세
한 작전을 세웠다. 그리고 공격의 선봉은 베르누크였다.

둥! 둥! 둥!

뿌우~ 뿌우~

제국군은 이른 아침부터 부산하게 움직이며 전열을 가다
듬었다. 전날과는 다르게 팽팽한 긴장감이 감도는 아침이었
다. 베들란 성의 농민군은 긴장 어린 눈으로 제국군의 움직임
을 지켜보고 있었다.

베르누크는 자신에게 배속된 1만 명의 병사와 기사들을 바
라보았다. 그 속에는 토성 전투에서부터 같이한 용병들도 있
었고, 아인스쿠나 산의 혈전을 승리로 이끈 병사들도 있었다.

그리고 그들보다 더 후끈한 열기를 보이는 자들이 있으니
바로 제이와 레너드를 위시한 30명의 기사와 1천 5백 명의 경
기병이다. 그들은 바로 베르누크가 가슴 깊이 신뢰하는 자들
이다.

"준비되었는가?"

"추웅!"

"저 높은 성벽을 오를 준비가 되었는가?"

"추웅!"

"나를 따를 준비가 되었는가?"

"추웅!"

"믿겠다. 전군! 돌겨억!"

"돌겨억!"

"우와아아!"

일만에 이르는 보병과 기병, 그리고 기사가 거침없이 내달렸다. 그것이 신호였는지 지금까지 조용하던 후방의 지원 사격이 이어졌다. 거북이처럼 앞과 위를 사각 방패로 가리고 공성추가 움직이기 시작했다.

캐터펠트와 망고넬의 버킷에 돌이 가득 채워지며 성벽을 겨냥했고, 그보다 후미에서는 거인의 팔이라 불리는 트리뷰셋과 발리스타로 수성하는 적을 겨냥했다.

지금까지 한 번도 드러난 적 없는 마법사 부대도 그 모습을 드러냈다.

"타올라라! 마나의 힘이여! 모여들어 그 존재를 드러내라! 뜨거운 불꽃! 파이어 볼(Fire Ball)!"

"마나 원천을 변형하는 힘이여! 타오르는 마나의 힘! 불타는 손! 버닝 핸드(Burning Hand)!"

"모든 힘의 근원이며 새로운 생명의 원천인 힘이여! 붉게 타오르는 빛나는 불꽃이여! 내 손안에 들어와 힘이 되어라! 타오르는 파도! 파이어 웨이브(Fire Wave)!"

불의 마탑이었다. 다른 마탑과 달리 상당히 호전적인 그들인지라 반란군을 진압하는 데 참여하게 되었고, 지금까지 한 번도 보이지 않았던 마법의 향연을 펼치고 있다.

그와 동시에 하늘에는 이루 헤아릴 수 없을 만큼의 화살이 날았다. 한 번의 일제사가 아닌 제1열이 쏘고 나면 이어서 제2열이 쏘고, 제2열이 쏘고 나면 제3열이 쏘고 화살이 다 떨어질 때까지 쏘아댔다.

물론 그것만이 아니었다. 선봉을 맡은 베르누크에게는 영지의 전투 마법사가 두 명이 있었다. 비록 말을 달리며 마법을 영창하기는 힘들었지만 1서클의 마법이라면 충분히 해낼 수 있었다.

"대지의 이름으로 명하노니 그대의 힘을 드러내라! 성장의 원동력! 그로우쓰(Growth)!"

두 명의 전투 마법사가 1서클의 마법인 식물 성장 마법 그로우쓰를 시전했다. 시전하자마자 성벽 밑에 자라고 있던 나무줄기가 점점 빠르게 성장하였다. 한 번의 시전이 아닌 여러 번 중복 시전을 하고 나니 이미 성벽을 뛰어넘을 정도의 크기가 되어버렸다.

그리고 마지막 문제인 10미터에 이르는 베들란 성의 주변을 돌고 있는 해자는 나무를 엮어 만든 다리를 이용했다. 폭 50센티미터에 길이 12미터의 길이의 나무다리와 중간 중간에는 그 나무다리를 지탱할 수 있는 거대한 말뚝이 세워져 있었다.

베르누크군은 밤마다 병사들을 이끌고 나무다리를 지탱할 말뚝을 심었고, 그 작전에는 이례적으로 마법사까지 동원되었다. 소리가 퍼져 나가지 않는 마법과 말뚝에 강화 마법을 실행하기 위해서였다. 결론적으로 작전은 성공했다.

이 일련의 모든 작전을 입안한 것은 바로 카림과 두 명의 군사였다. 뛰어난 재사들이라 할 것이다. 한 치의 오차도 없이 적재적소에 정확한 시간에 벌어지는 동시다발적인 전략이었다.

그러한 전쟁 수행 능력을 바라보고 있던 구데리안 후작은 감탄하는 얼굴이 되었다. 그리고 혼잣말처럼 나직이 말했다.

"호오~ 저런 방법이 있었던가?"

하지만 구데리안 후작이 곁에는 그의 군사장인 예이츠 경이 있었다. 그 또한 순수하게 감탄하면서 구데리안 후작의 말을 받았다.

"대단합니다."

"밀리예프 후작이 훌륭한 군사를 두었군."

"밀리예프 후작의 계책이 아니라 합니다."

"하면?"

"지금 선봉을 나서는 베르누크 아이젠 남작가의 군사들로 알려져 있습니다."

"허어, 군사들이라면 한 명이 아니라는 말인가?"

"그렇습니다. 후방을 지휘하는 군사 한 명과 전방을 지휘하는 군사 한 명, 그리고 그 둘을 적절히 지휘하는 군사 한 명이라고 합니다."

"대단하군."

"실로 무서울 정도로 치밀한 자들입니다."

"그렇군. 우리도 슬슬 준비해야 할 시간이지 않은가?"

"성루를 점령하면 성문이 열린다 합니다."

"공성추는 그저 눈가림이었던가?"

"그렇습니다."

그리고는 말이 없었다. 구데리안 후작과 그의 참모장인 도리안 예이츠는 깊은 생각에 잠겼었다. 의외의 곳에서 실로 대단한 인물을 만나게 되었다. 여태껏 한 번도 들어보지 못한 귀족이다.

1서클의 마법임에도 불구하고 공성탑을 무색케 하는 마법의 운용이나 시기적절하게 움직여 성루에서 진격하는 선봉을 공격하지 못하게 하는 전법이나, 상상조차 하지 못할 그러한 방법들이었다.

그렇게 모두가 놀라고 있을 시각 베르누크가 이끄는 영지병과 용병들은 그로우쓰로 자라난 식물 줄기를 타고 열심히 성벽을 기어오르고 있었다.

"빨리빨리 기어 올라가!"

"뭐? 언놈이 대체……."

"나? 형님 동생!"

"어헉! 제, 제이 기사님!"

"응. 나 맞어. 그러니까 어여 올라가. 형님 벌써 올라갔어."

그 말에 제이의 앞에 올라가던 아이젠 남작가의 병사는 발이 안 보이도록 빠르게 식물 줄기를 타고 오르면서도 흘깃 중앙 쪽을 바라보니 커다란 체구의 아이젠 남작이 할버드의 뾰족한 창으로 농민군을 찌르며 성루로 오르고 있었다.

'거참! 영주님도 승질 하고는.'

"늦으면 이걸로 똥꼬 찌른다?"

"어헉!"

점점 성루에 오르는 병사들과 용병들의 수가 많아졌다. 기사들이 가장 선두에서 올랐고, 그 뒤로 경기병이 올랐으며, 그 뒤로 용병과 병사들이 올랐다. 평소 귀족이나 기사들이 행동하던 것과는 정반대의 현상에 어리둥절하는 병사들이었지만 같이 뛰어주니 용기백백하여 성벽을 올랐다.

하지만 농민군의 입장에서 도대체 성루의 밖으로 고개를 드러낼 수조차 없었다. 떨어지지도 않는지 끊임없이 쏟아지는 화살비와 살을 태울 듯한 마법, 거기에 성내로 우박처럼 떨어지는 바윗덩어리는 공포를 자아내기에 부족하지 않왔다.

비단 이러한 공격이 북문에만 한정되어 있는 것은 아니었다. 하지만 점령당한 곳은 북문뿐이었다. 네 개의 성문 중 가장 두껍다는 북문이다. 해자마저 매워졌다.

"와아아아!"

"막아! 막으란 말이다!"

칼 부딪치는 소리와 비명 소리, 여기저기서 농민군의 악다구니가 들렸다. 그 와중 북문 성문대장인 헤롤드 브룸필드는 자신을 따르는 두 부장에게 눈빛을 보냈고, 그 두 부장은 미리 포섭한 성문 경비 열 명을 동원하여 도개교를 내렸다.

"서, 성문이 열린다!"

"무슨 말인가?"

"성문이 열립니다."

"뭐, 뭣?"

북문의 경비와 치안을 담당하던 하일의 눈이 커졌다. 그와 함께 북문의 방어를 담당하는 사령인 퀼른의 눈이 찢어질 듯 커졌다.

"이, 이 빌어먹을 새끼. 주인을 배신하더니 또다시 배신하다니. 하일, 당장 저놈의 목을 쳐라!"

"명!"

정신없는 전투의 와중에도 퀼른은 농민군을 배신하고 성

문의 도개교를 내리고 있는 브룸필드를 죽이라 명했다. 성문 경비야 겨우 열 정도에 지나지 않는다. 하일이 간다면 충분히 죽일 수 있을 것이다.

"와하하하! 내가 바로 투마왕 발록으로 불리는 제이 브레이커님이시다!"

"도망가지 말라! 여기 불의 마왕 플뤼톤이 있다!"

"흐엑! 블러디 나이츠다!"

"도, 도망쳐!"

쿠드드드득!

성루의 두꺼운 돌이 깨지고 무너져 내렸다. 데빌 킹과 그를 따르는 블러디 나이츠. 그들의 명성에 왜 블러디라는 말이 붙었고, 베르누크가 왜 악마왕이라 불리는지 여실히 보여주고 있었다.

베르누크가 내달렸다. 그의 양옆으로 이제는 호형호제하는 제이 브레이커와 데이브 바티스타가 섰고, 그 뒤로는 레너드 베인과 아드리안 남작이 대열을 정비했다.

"내 앞을 막을 자 누구인가? 나서라!"

악마왕처럼 거세고 광폭하게 포효하는 베르누크의 음성은 전장을 지배하고 있었다. 감히 그 누구도 베르누크의 걸음을 막을 수는 없었다.

"멈춰랏!"

콰지지직!

터더더덩!

그러한 베르누크를 막아서는 자는 메르힌 에레보스탄의 근위대장으로 있는 블랜키드 스카츠였다. 농민군 중에 가장 강력한 무력을 지니고 있다는 그다. 또한 전직 기사 출신이고 말이다.

그리고 그의 뒤에는 근위대 5백 명이 함께했다. 내성으로 들어가는 문을 막아서고 있는 것이다. 물론 내성으로 들어가면 메르힌 에레보스탄을 바로 옆에서 호위하는 호위대가 있긴 하지만 말이다.

"누군가?"

"근위대장 블랜키드 스카츠라 한다."

"그러한가? 나는 북부의 베르누크 아이젠이라 한다."

베르누크의 잔잔한 음성에 볼을 씰룩이는 블랜키드 스카츠였다. 뒤를 돌아보았다. 이미 30대 500의 전투는 시작되고 있었다. 그중 단연 돋보이는 것은 역시 제이와 레너드였다.

"대단한 수하를 두셨소."

"수하가 아니네만."

"그럼?"

"의동생이고 친구이며 동료들이지."

"허어~"

그 한마디에 베르누크의 됨됨이를 알아버린 블랜키드 스카츠였다. 보기 드문 자다.

"어찌 직접 오셨소? 그것도 선봉으로 말이오."

"내가 제일 세."

"허허허, 그렇구려. 가장 강한 자가 가장 앞에 서니 누가 말리겠소. 어쩌면 오늘의 전투는 이미 패한 것일지도."

"덤비겠나?"

"어쩌겠소. 영주를 막는 게 나의 일이거늘."

"놀아주지."

"고맙소."

베르누크가 할버드를 한 차례 휘두르고 진중하게 말했다.

"북부의 베르누크 아이젠 데 캘리노스가 기사 블랜키드 스카츠에게 생사결을 청한다."

"기사 블랜키드 스카츠가 북부의 드래곤 베르누크 아이젠 데 캘리노스의 생사결을 승낙하는 바이오."

블랜키드 스카츠가 검을 뽑아 들었다. 생사결이건만 블랜키드 스카츠의 입꼬리는 가늘게 치켜 올라 있었다. 비웃음이 아닌 만족한 웃음을 짓고 있는 것이다.

후우우웅!

블랜키드 스카츠의 바스타드 소드에 오러 블레이드가 솟아났다. 자신의 애병인 할버드의 창두를 땅으로 향하고 비스

듬히 서 있던 베르누크의 눈빛에 기광이 어렸다. 그리고 웃었다.

그의 할버드에도 진홍색의 오러 블레이드가 솟아올랐다. 기사로서 예를 다한다는 의미다. 그의 오러 블레이드는 아름다웠다. 마치 비 온 후 비치는 낙조처럼 말이다.

"하아앗!"

블랜키드 스카츠가 움직였다.

*   *   *

마스터들의 대결이었다. 아무리 글을 모르는 일자무식이라도 안다. 마스터의 전유물인 오러 블레이드를 말이다. 그리고 그 흉험함도 안다. 지금 베르누크와 기사 스카츠 경의 주변 20미터 이내에는 그 누구도 접근할 수 없었다.

눈에 보이지 않을 만큼의 빠른 움직임과 사방으로 터져 나오는 오러의 향연. 생사결의 흉험함에도 불구하고 그 둘의 움직임은 황홀했다.

쿠와아앙!

"크흡!"

즈지지직!

일순 커다란 폭음과 함께 둘의 대결을 가리던 오러가 걷혔다. 승패는 명확했다. 베르누크는 마치 천신인 양 할버드를 길게 늘어뜨린 채 당당하게 서 있었고, 기사 스카츠 경은 바스타드 소드를 땅에 박고 붉은 피를 쏟아내고 있었다.

"잘 가!"

"기사로서… 영광이었소."

슈각!

투욱!

잠깐의 정적이 흘렀다. 전투 중임에도 불구하고 둘의 대결에 집중하고 있던 적군과 아군이다. 그리고 한 명이 죽었다. 그의 목이 잘리며 땅에 떨어졌고, 땅에 떨어진 기사의 눈은 부릅떠진 채였다.

베르누크는 기사의 눈을 감겨주었다. 그리고 잠시 동안 묵념했다. 적이라기보다는 한 명의 사람으로서, 그리고 한 명의 기사로서 넋을 빌어주었다. 그리고 무릎을 펴고 허리를 펴 하늘을 바라보았다.

"내가 바로 데빌 킹 베르누크 아이젠이다!"

베르누크는 할버드를 들어 올리며 크게 외쳤다. 적에게는 극한의 공포를 안겨주고 아군에게는 극한의 희열과 함께 더할 수 없는 용기를 전해주는 일갈이었다.

"우와아아아!"

그와 함께 환호성이 터져 나왔다. 그리고 북문이 뚫렸고,

제국군은 물밀 듯이 북문을 지나 외성으로 진격했다.

베르누크는 기사 스카츠 경과 장렬하게 산화한 5백 명의 기사를 뒤로하고 내성 문을 박살 내며 지휘부가 있는 곳으로 내달았다.

메르힌 에레보스탄은 자신의 죽음을 직감했다. 옆에 있는 군사 도리안 예이츠 역시 마찬가지일 것이다.

"주군, 어서 피하십시오."

"어디로 말인가?"

"아!"

그러고 보니 피할 곳이 없었다. 3백의 호위 병력이 자신을 에워싸고 있었지만 그렇게 든든하던 그들마저도 부실해 보였다.

"그동안 고마웠네."

"허어~ 이리 끝이 나는군요."

"뭐, 한평생 이리 살았으면 되지 않은가?"

"그래도 조금은 아쉽군요."

"내 잘못이 크지."

"......"

"가고 싶은 사람은 가도 좋네. 자네고 그렇고. 개똥밭에 굴러도 이승이 좋다 하지 않는가?"

말이 없던 군사 도리안 예이츠는 불현듯 옷매무새를 가다

듬고 황제에게나 올리는 예를 올렸다. 그러한 행동을 그대로 보고만 있는 메르힌 에레보스탄이었다.

"그동안 즐거웠습니다."

"고마웠네."

그렇게 말을 하고는 품속에서 무엇인가를 꺼내 들었다. 조그마한 단검이었다. 그것을 한참 동안 바라보더니 자신의 목을 깊숙이 그었다.

푸화악!

"끄륵!"

도리안 예이츠의 핏물이 메르힌 에레보스탄의 얼굴과 몸을 적셨다. 그러함에도 꿈쩍도 하지 않는 메르힌 에레보스탄.

"한평생 죄만 짓고 가는구나. 하나 이대로 갈 수는 없지. 그렇지 않은가?"

"충!"

"가자!"

"충!"

쿠구궁!

메르힌 에레보스탄과 그의 호위 3백이 걸음을 옮기려는 찰나, 굳게 닫혀 있던 문이 통째로 부서져 내렸다. 그리고 그 부서진 문으로 일단의 사람이 걸어 들어왔다.

베르누크와 그의 기사들이었다.

"준비는 되었는가?"

무심하게 묻는 베르누크였다. 메르힌 에레보스탄의 눈동자가 베르누크에게 꽂혔다. 그리고 그 뒤의 기사들을 훑었다. 그러더니 허탈하게 웃었다. 과연 데빌 킹이었고, 그를 따르는 블러디 나이츠였다.

"어허허허! 내가 제국에 패한 것이 아니라 그대에게 패한 게로군."

"그대는 훌륭했으나 자만했소."

"허허허! 어찌 알았을꼬. 또한 어찌 그대를 몰랐을꼬. 내 천추의 한이로구나."

"오시겠소?"

"쳐랏!"

"충!"

"포로는 없다!"

"추웅!"

쿠와아아앙!

콰드드득!

베르누크의 할버드가 아래에서 위로 솟아올라 좌에서 우로 베었고, 창두가 가운데를 갈랐다. 제이의 거대환 쇠몽둥이가 적의 허리를 박살 내었고, 데이브의 방패가 적의 머리를 쪼갰다.

레너드의 연검이 날았고, 베르함의 배틀 액스가, 애드워드의 주먹과 발이, 하이론의 창이, 유리의 쌍검이, 댄의 유성추가, 에르빈의 쌍도가 살을 가르고 뼈를 박살 내었다.

오러가 난무했다. 돌의 파편이 튀어올랐다. 피가 시야를 방해했고, 흐르는 땀방울이 힘을 낭비하게 했다. 온몸을 휘감아오는 혈류가 심장을 옥죄어왔다.

콰드드득!

"크후허어억!"

헛바람이 새어 나오는 소리가 들려왔다. 칼에 묻은 진득한 피를 떨어내고 정면을 바라보는 에레보스탄이었다. 그의 앞에는 예의 거구의 사내가 무심하게 자신을 바라보고 있었다.

"차하앗!"

검에 오러를 입히고 득달같이 거구의 사내 품속으로 빠져들었다. 간격을 없애려 했다. 하지만 상대는 거구임에도 불구하고 자신보다 빠르게 움직였다. 눈에 보이지 않을 정도의 빠름.

검끝에 걸리는 느낌이 없었다. 서늘한 느낌이 정수리에서 느껴지자 득달같이 방패를 들어 빗겨 막았다.

쿠화아앙!

쩌저적!

"크흑!"

방패의 귀퉁이가 깨져 나갔다. 방패를 잡은 손과 팔이 아릿하게 저려왔다. 빗겨 막았으니 망정이지 안 그랬으면 탈골되었을 수도 있겠다는 생각이 들었다.

또다시 우측에서 들려오는 파공성.

쿠드드득!

검을 잡은 손까지 합쳐 방패에 힘을 보탰다. 하지만 소용없었는지 팔이 욱신거리고 굳게 버티던 두 발이 대리석 바닥을 깨고 박혀 있음에도 불구하고 2미터를 후퇴했다.

깨진 대리석의 바닥이 비산했다. 순간적으로 시야를 잃었다. 다급한 김에 몸을 움츠리고 방패를 전면으로 밀었다. 순간적으로 방패에 오러를 담았다. 무엇으로도 깰 수 없으리라 생각했다.

투훅!

"컥!"

눈이 떠졌다. 따끔하게 밀려드는 고통. 슬쩍 고개를 내려다 보니 할버드의 창두가 가슴을 뚫어버렸다. 방패? 방패는 이미 깨지고 박살이 나 없는 것이나 마찬가지였다.

에레보스탄의 시선이 전면으로 향했다. 눈에서 물이 흘러나왔다. 머리가 깨져서인지 핏물로 변했지만 말이다. 심장의 피가 갈 곳을 잃고 외부로 쏟아져 나왔다.

"잘 가시오."

"쿨럭!"

스르륵! 쿵!

메리힌 에레보스탄, 그가 죽었다.

2년이 넘는 동안 제국을 전쟁의 불길로 끌어들인 불세출의 영웅. 귀족의 입장에서는 그저 흘러가는 반란군 중의 한 명이 었건만.

그 끝이 허무하다 할 정도였지만 그가 제국의 백성들에게 끼친 영향은 적지 않았다. 그리고 그에 의해 제국은 서서히 그 숨을 가쁘게 내쉬게 되었다.

"나에 의해 죽었으나 그는 분명 백성들의 영웅. 정중하게!"

"충!"

베르누크가 에레보스탄의 목이 아닌 다른 이의 목을 창두에 걸고 밖으로 나오자 우레와 같은 함성이 울렸다. 새롭게 탄생한 전쟁 영웅에 대한 경외감이다.

정말 말도 안 되는 작전이었다. 아니, 말도 안 되는 것이 아니라 알면서도 실행하지 못한 작전이었다. 한데 과감하게 그 작전을 실행했고, 희생도 얼마 없이 농민군을 제압해 버린 것이다.

동부군 21만, 중군 15만, 총 36만으로 베들란 성을 공략해서 3만의 희생자를 내고 단단한 돌로 만들어진 성을 하루 만에 점령했다. 이것은 전쟁 역사상 없는 초고속 점령이었다.

그리고 희생자도 겨우 3만. 거의 희생자가 발생하지 않았다고 해도 과언이 아닌 숫자다. 거기에 하나 더. 바로 마법의 활용이었다.

마법의 집중과 공성무기와의 연계. 1서클 마법이라 할지라도 그 적절한 활용에 의하여 공성탑이나 사다리보다 더 훌륭한 공성무기가 될 수 있다는 점이 널리 알려졌다. 물론 이러한 공은 모두 군사들의 몫이었다.

군사들은 이 새로운 활용과 작전에 심취해 승전도 잊고 머리를 맞대고 토의를 거듭했고, 불의 마탑에서 파견 나온 이들 역시 마법의 활용에 있어 조금씩 보는 눈을 달리하게 되었다.

새로운 전쟁 영웅. 병사들이나 기사들에게는 그렇게 보였다.

하지만 귀족들은 그렇지 않았다. 베르누크와 그 수하들이 시기와 질투의 대상이 되었다. 벽촌의 이름도 모를 그런 놈이 귀족이랍시고 영웅이 되어버렸다.

노블리스 오블리제라면 진심으로 박수를 치며 그의 용기와 결단력에 아낌없는 찬사를 늘어놔야 하겠으나 노블리스 오블리제라는 개념은 오물통에 처박힌 지 이미 몇십 년.

그들은 지금 저 건방진 전쟁 영웅을 도대체 어찌 처리해야 할지부터 고민했다. 그리고 그러한 고민은 동부군의 수장과 중군의 수장인 밀리예프 후작과 구데리안 후작 역시 마찬가지였다.

　밀리예프 후작은 너무나 아까운 고기를 자신의 한순간의 선택으로 놓친 것에 대해 후회했고, 구데리안 후작은 새로운 마스터를 견제했다.

　제국에는 그저 세 명의 마스터면 족하다. 그 이상도 그 이하도 필요 없다. 더군다나 새로운 마스터는 북부의 척박한 땅에서 태어났다. 지금까지 근 2백년 이상을 중앙에 등용하지 못하도록 못을 박았던 그 치욕의 역사를 지닌 북부의 귀족 중에서 말이다.

　그렇게 서로의 생각을 가지고 각자의 셈을 하고 있던 귀족들은 굳은 표정으로 수도인 센트리움으로 향했다. 수도인 센트리움에서는 반란을 제압한 군을 상대로 개선 행사가 있을 예정이었다.

CHAPTER
06

끝나지 않은 암운

Knight King

이번에 일어난 농민의 난은 부패한 제국에 대한 하나의 경고였다. 그러나 그러한 끔찍한 경고에도 불구하고 현 황제는 여전히 황음에서 헤어 나오지 못했다.

유명무실한 황제, 부패한 제국의 관리와 귀족들. 그러한 제국의 실정을 증명이라도 하듯이 논공행상에 있어서 많은 부분이 공정치 못하게 결정이 났다.

황제의 힘이 약해서인지 재상 쪽에 선을 대는 이들이 많아서인지 제국의 실세가 살짝 재상 쪽으로 기울어진 것이다.

대공파의 세력이 베들란 성에서 지지부진하는 동안 귀족

파는 크림톤 성을 점령하고 재정비에 들어간 탓이다. 한발 빠른 대응에 대공파는 어쩔 수 없이 속을 끓일 수밖에 없었다.

그러한 효과는 바로 나타났다. 바로 이번 민란의 진압 작전에 대한 논공행상이었다. 귀족파는 파격적인 인사를 단행했다. 민란의 좌군을 상대했던 우군의 사령관인 카이제르 빌헬름 백작은 후작으로 승작되었다.

또한 마법 전력으로 참여했던 프리츠 슈트라슈만 백작 역시 후작으로 승작했고 클립톤 성에서 적장을 베어내 승리에 결정적인 역할을 한 클레이튼 에이브라암스 백작은 승작은 하지 않았지만 동남부의 노른자위 중 하나인 콜로모스 평원을 영지로 하사받았다.

그리고 우군으로 참전한 귀족파의 대부분의 귀족은 크게는 작위 상승을, 작게는 승전금을 하사받았다. 그야말로 그들만의 파티인 것이다. 그렇다고 대공파를 무시할 수는 없어 중군사령관이었던 하인츠 구데리안 후작을 공작으로 승작시켰다.

하지만 이것은 어찌 보면 당연한 것이라 할 것이다. 하인츠 구데리안 후작은 제국에서 세 명밖에 없는 소드 마스터이다. 이른바 너무나 잘 알려졌다는 것이다.

그리고 민란의 세력 중 가장 강력한 세력을 막아내었으니 그 공을 인정하지 않는다면 아무리 권력의 추를 기울게 하는 귀족파라 하여도 상당한 부담으로 다가올 수밖에 없었다.

그 외의 논공행상은 그야말로 형식적이었다. 우선 민란의 우군을 맞아 승리를 거듭한 끝에 베들란 성을 함락하는 데 결정적인 역할을 한 밀리예프 후작에 대해서는 승전공이라는 호칭에 승전금 2만 골드를 하사했다.

그야말로 눈 가리고 아웅 하는 식의 처사였다. 실질적으로 중군과 우군, 그리고 좌군을 통틀어 밀리예프 후작만큼 대단한 승리를 거둔 이는 없었다. 물론 그 안에는 베르누크라는 걸출한 영웅이 있었으나 그것은 그뿐이었다.

그나마 베르누크는 아이젠 상단을 통해 대공파와 귀족파 모두에 선을 대고 활발하게 활동한 덕택에 자작으로 승작과 함께 거의 50년 동안 방치되었던 포타이아 평원을 영지로 하사받았다.

아마 좌군, 즉 동부군으로 참전했던 귀족 중 가장 많은 실속을 챙겼을 것이다. 물론 그만큼 노력을 했으니 당연한 것이라 하겠다.

이러하니 이번 논공행상에 대한 불만이 폭주했다.

대공파도 그러하였고 동부의 실질적인 지배자라 할 수 있는 밀리예프 후작도 그러하였다.

"어찌 이럴 수 있다는 말입니까?"

밀리예프 후작의 수도에 있는 저택에서 커다란 분노의 소리가 터져 나왔다. 다름 아닌 아인스쿠나 산에서 중군의 선봉을 섰던 알리스타 오브레임 백작이다.

가진 바 무력도 무력이지만 성정이 불같아 밀리예프 후작이 앞에 있음에도 분노를 숨기려 하지 않았다. 밀리예프 후작 또한 그를 말리지 않았다. 자신이 신뢰하고 있는 귀족 중 한 명이니 당연했다.

"허어, 제국이 썩었다 하지만 이리도 깊이 썩었을 줄은 몰랐구만."

"썩어빠진 재상파 놈들!"

그들은 귀족파를 귀족파라 부르지 않았다. 재상에게 붙어 제국을 썩어가게 만드는 돼지 같은 작자들로 재상파라고 불렀다. 자신들 또한 귀족이기에 귀족이라는 이름을 더럽히고 싶지 않은 마음에서일 게다.

"대공파에서 연락이 왔습니다."

"흐음. 이번 일로 해서 대공파도 상당히 자존심이 상했을 터이니 그러하겠지. 만나보는 것도 괜찮겠군."

"병사들도 준비합니까?"

"병사라……."

고민스러운 듯 이마를 만지는 밀리예프 후작이다. 무슨 사달이 날 것 같기는 한데 그것이 병력까지 필요한 것인지 아닌지 판단을 할 수 없었기 때문이다.

"일단 대공을 만나고 결정하는 것이 좋을 듯싶군."

"알겠습니다."

밀리예프 후작의 분노는 작은 것이 아니었다. 어쩌면 제국의 권력 판도를 바꿀 정도로 대단한 것이다. 아마도 귀족파의 수장인 재상이 이 사실을 알았더라면 밀리예프 후작을 그렇게 홀대하지는 않았을 것이다.

며칠 후, 밀리예프 후작은 카바노크 대공과 직접 대면했다.

"이렇게 만나 뵙게 되어서 반갑소."

"이런 자리를 마련해 주셔서 고맙습니만 한가하게 주변의 풍광을 논하기에는 제국의 사정이 너무나 안 좋습니다."

"본 대공 또한 그리 생각하오."

"어찌 저를 보시자고 하셨습니까?"

에두르지 않고 바로 본론으로 들어가는 밀리예프 후작이었다. 그에 밀리예프 후작을 탓하지 않고 고개를 끄덕인 카바노크 대공이 진중하게 물었다.

"제국을 이리 썩게 만든 것이 바로 재상이라는 생각이 드는데 어떻게 생각하오?"

"동의합니다만 어떠한 뜻으로 묻는 것입니까?"

밀리예프 후작은 미심쩍다는 듯이 카바노크 대공을 보며 진중하게 답을 했다. 중앙을 휘어잡고 있는 실세다. 지금은 비록 귀족파의 수장인 재상에 밀리고 있지만 십수 년을 중앙을 좌지우지하는 대공의 말이니 그 노회함으로 인해 진중하지 않을 수 없음이었다.

"단도직입적으로 말씀드리지요. 도와주시겠소?"

"저는 오직 황제 폐하께 충성을 다할 뿐입니다."

"적의 적은 친구이지요. 폐하께서 건재하셔야지 후계가 확실해짐은 본 대공도 알고 있소."

많은 의미가 함축된 말이었다. 하지만 결정적으로 자신을 홀대한 재상에 대한 감정이 아직 남아 있던 터인 밀리예프 후작이었다. 대공이 이 정도로 자신에게 굽히고 들어왔으면 그에 화답을 해주는 것이 도리임을 아는 밀리예프 후작이었다.

그러한 두 가지의 연유로 밀리예프 후작은 고개를 끄덕였다.

"제국의 앞날을 걱정하시는 대공 전하께서 계셔서 다행입니다."

두 사람은 손을 맞잡았다. 한시적인 동맹이 성립된 것이다. 필요에 의한 동맹으로 언제 깨질지는 모르지만 일단 두 사람의 목표는 정해진 것이나 다름없었다. 그래서 동맹이 가능한 것일 게다.

그 시각 베르누크는 뜻밖의 인물의 방문을 받고 있었다. 잠깐, 그것도 아주 잠깐 스치듯 본 하인츠 구데리안 후작, 아니,

이제는 공작이라 불러야 하는 제국의 소드 마스터였다.

탁자 하나를 사이에 두고 김이 모락모락 나는 차만을 멀뚱히 바라보고 있는 베르누크였다. 별로 할 말이 없어서였다. 베르누크 입장에서는 찾아온 사람이 말을 해야지 앉아 있는 사람이 말을 할 이유가 없었다.

"이제는 자작이던가?"

"뭐, 그렇게 되었습니다."

"나름 처세도 하는 모양이더군."

"세상이 요지경이니 살아남으려면 무슨 일이든 해야 하지 않겠습니까?"

"마스터가 그런 말을 하니 참 어색하군."

"마스터도 사람입니다."

"그러한가?"

"……."

대화가 끊겼다. 무슨 할 말이 있는 것 같은데, 이런 심심풀이 땅콩 같은 말을 하려고 이곳에 오지는 않았을 것이다. 그것도 제국의 마스터요 공작이나 되는 양반이 말이다.

"커흠. 돌려서 말하는 것이 능하지 못하니 단도직입적으로 묻겠네."

"물으십시오."

"제국이 어떻게 될 것 같은가?"

"그걸 왜 저에게 물으십니까?"

"모르네. 억지일지도 모르지만 자네라면 제국이 갈 방향을 알지 싶은 생각이 들더군."

"억지 맞습니다."

"모른다는 말인가?"

"……."

대답을 하지 않고 구데리안 공작을 바라보았다. 구데리안 공작도 베르누크를 바라보고 있었다. 그러더니 탁자에 손을 올려 무언가 베르누크 편으로 밀어 넣는 구데리안 공작이다.

"보아야 합니까?"

"보았으면 좋겠네."

"저를 어찌 믿고요."

"자네를 믿는 것이 아니라 내 살아온 여정과 내 눈을 믿는 것이네."

'말발로 공작을 뽑나 보구먼.'

밀리예프 후작이나 구데리안 공작이나 왜 이리 말을 잘하는지, 말로는 본전도 못 찾을 베르누크였다.

그는 자신 앞에 놓인 서신을 바라보았다. 물면 외통수일 것 같은 이 불안감은 대체 뭐란 말인가?

"싫습니다."

"제국을 위해서이네."

"그래도 싫습니다."

"왜 싫은가?"

"솔직하게 있는 그대로 묻겠습니다."

"묻게."

"제국이 살아날 가능성이 있습니까?"

"······."

이번에는 구데리안 공작이 침묵을 지켰다. 그렇다는 것은 구데리안 공작 역시 제국이 기울고 있음을 직감하고 있다는 것을 말함이다. 구데리안 공작을 제외한 다른 두 소드 마스터는 현실에 관여하지 않고 있다.

물론 현실에 관여하지 않고 있다고 해서 귀머거리에 벙어리까지는 아니겠으나 아무래도 현실 감각이 떨어지는 것은 사실일 게다. 하지만 구데리안 공작은 직접 현실과 부딪치고 있다.

그러한 그가 보았을 때에도 제국은 힘들어 보였다. 진정으로 현실적인 이 자작이라는 남자를 어떻게 설득해야 할지, 어떻게 답해야 할지 난감하기만 했다.

"그러면 내 개인적인 부탁 하나 해도 되겠나?"

"들어보겠습니다."

"삼황자를 부탁하네."

"싫습니다."

"살려만 주게. 어떻게 해도 상관없고 살려만 주게. 삼황자의 외할아버지로서의 부탁이네."

차마 그것까지는 거절할 수 없었다. 베르누크는 왜 자신이 이 거지같은 상황에 처하게 되었는지 한숨이 푹푹 나왔다.

"자네가 마스터라는 것, 함구하겠네."

"그건 어쩔 수 없이 함구하는 것이 아니지 않습니까? 권력의 분산과 힘의 집중을 막기 위해서는 어쩔 수 없이 함구해야 하는 것 아닙니까? 생색내기 식으로 말씀하지 않았으면 합니다."

역시 베르누크 아이젠이라는 이 사내, 쉽지 않았다. 듣기로는 곰탱이라고 했지만 세상에 저렇게 똑똑한 곰탱이가 어디 있단 말인가? 저렇게 똑똑한 것이 곰탱이면 오크는 드래곤일 것이다.

"승낙한 것으로 알겠네."

"제국이 어찌 되든 저는 알 바 아닙니다. 그리고 충성도 강요하지 마십시오. 조사해 보셨겠지만 저의 아버지께서는 기사의 변 때 고문으로 돌아가셨습니다. 벽에 똥칠하면서요."

베르누크의 담담한 말과 달리 그 속에 숨은 뜻은 송곳이 되어 구데리안 공작의 가슴을 찔렀다. 자신도 기사였으니까. 자신은 마스터이기에 구함을 받았으니까. 대공에 의해. 그래서 지금 대공에게 얽매여 있으니까.

하지만 혈육의 정을 버릴 수 없었고, 기사의 도를 버릴 수 없었으며, 그러하기에 더욱더 제국을 버릴 수 없었다. 이미 선황제에게 끝까지 함께하겠노라고 다짐했기에 말이다.

"아마도 얼마 안 있어 변고가 있을 것이네."

"정해진 수순이라고 생각하고 있습니다."

"당분간은 북쪽은 신경 쓰지 못할 것이네."

"언제는 신경 썼습니까?"

불퉁스러운 베르누크의 대답이었으나 구데리안 후작은 개의치 않았다.

"고맙네. 그리고 미안하네."

"고마울 것 없습니다. 사람 한 명 더 늘어난 것뿐이니까요."

"부탁하네. 밖에 조그마한 선물이 있네."

그리고는 자리에서 엉덩이를 털고 일어나는 구데리안 공작이었다.

베르누크는 배웅하지 않았다. 작위상으로는 있을 수 없는 일. 하나 부탁하는 입장과 부탁을 받는 입장이라면 가능한 일이다.

구데리안 공작과 대화 내내 틱틱대며 까칠하게 응수하던 베르누크는 손가락으로 탁자를 톡톡 쳤다. 무언가 생각하는 것이었다.

"카림, 왔으면 들어와."

"크흠."

베르누크에게 들킨 것이 어색한 것인지 아니면 베르누크와 구데리안 후작의 대화를 몰래 들었다는 것이 어색한 것인지, 어색함을 지우기 위해 헛기침을 하며 앉는 카림이었다.

"어떻게 생각해?"

"사단이 날 겁니다. 논공행상이 이리도 불공정하다면 말입니다."

베르누크는 살짝 서론을 말하는 카림을 가볍게 타박했다.

"알고 있는 사실 말고."

뚱한 표정으로 말을 자르는 베르누크의 표정을 보고 슬쩍 웃는 카림이 헛기침을 하더니 이내 주욱 말을 이었다.

"동부가 대공과 연합할 것이고, 서부는 재상과 연합할 것입니다. 피폐해진 남부는 여력이 없고, 고립된 북부는 냉담할 것입니다."

"결론은?"

"당분간 수도에서 피바람이 불 것입니다."

"계속해 봐."

"귀족파가 어렵게 세를 잡았습니다. 대공파가 반란을 진압하는 동안 후에 있을 논공행상을 위해 귀족파에게 많은 자금이 흘러든 탓입니다. 이제 난이 끝나고 숨을 죽이고 있던 귀족파가 활개를 칠 것입니다."

그러했다. 그동안 숨죽이고 기회를 보고 있던 귀족파다.
군부의 세력을 등에 업은 대공파가 난을 진압할 동안 무력이
없는 귀족파는 숨을 죽여야만 했다.

하지만 난이 끝나고 그동안 문이 닳도록 뻔질나게 드나들
며 모아온 뇌물이 효과를 보게 되었다. 귀족파 중심으로 논공
행상을 하고, 다시 황실의 군권이 돌아오니 귀족파가 되살아
나기 시작했다.

여전히 황음에 젖고 간사한 말과 속임수에 눈이 먼 현 황
제. 그를 손바닥 위에 올려놓고 이리 굴리고 저리 굴리기는
정말 쉬웠다.

"이제부터 우리를 따르지 않는 자는 모두 제거해야 할 것
이다. 대공파라 해도 그 범주에서 벗어나지 않을 것이다."

대공파에 기울었던 권세를 다시 찾아오자 이번에는 완벽
하게 대공파를 눌러 버릴 심산인 것이다. 기회가 있을 때 과
감하게 나가기로 한 귀족파의 수장인 재상이었다.

계략은 간단했다. 먼저 그들의 칼끝은 이번 민란에서 공을
세운 귀족들에게 돌려졌다. 회유하고 뇌물을 요구하며, 들어
주지 않으면 자신들을 따를 의사가 없는 것으로 간주하고 죽
이거나 무슨 연유든 가져다 붙여 작위를 강등시키기로 했다.

자고로 털어서 먼지 안 나는 사람 없다. 손으로 털어서 안 되면 몽둥이로 털고, 그것도 안 되면 검으로 조각조각 내서라 도 먼지를 만들어내면 될 터였다.

재상은 사람을 보내 그들을 회유하기 시작했다. 그와 동시에 뇌물을 요구했다. 안 되면 재상은 황제와 독대를 청해 그들의 전공을 교묘한 말로 깎아내렸다. 그들이 하는 양을 보면 대충 이러했다.

"남부의 황금사자라 불리는 제이크 아이반 백작은 세운 공도 없이 명성을 앞세워 여타 귀족을 핍박하는 자입니다. 민란이 일어났음에도 불구하고 군사를 일으키지 않고 영지를 고수하다 민란이 끝날 즈음 중앙군에 편입하여 공을 편취한 자입니다."

"황실의 제4기사단의 단장을 맡고 있는 크레티온 크라수스 경은 일반 기사들의 공을 가로채 제 이름만 높인 기사단장입니다. 그래 놓고도 마치 승전을 한 장군처럼 개선하여 기사들의 원성이 대단하다 합니다. 해서 그를 단장의 자리에서 해임해야 합니다."

이따위의 말도 안 되는 소리였다. 그들이 선택된 것은 뇌물을 거부한 이유도 있지만 가장 큰 이유는 대공파의 핵심이라는 것이다. 그것도 상당히 중요한 위치에 있는 이들이다.

둘 다 민란을 무찌르고 돌아올 때만 해도 고맙고 진정 영웅

같던 이들이다. 그러나 논공행상에 대한 불만과 다시 잡은 권세를 놓치기 싫었던 재상은 민란 동안 현 황제의 주변을 맴돌며 입에 꿀을 바르고 눈에 꽃을 달아 현혹하였다.

그러하니 현 황태자의 어미이자 자신의 세 번째 부인의 오라버니인 대공의 말보다는 재상의 말을 더욱 믿었고, 그를 따르는 귀족들이 더욱 소중하고 신심 어린 사람들이 되어 있었다.

이에 현 황제는 자세히 알아보지도 않고 제이크 아이반 백작을 자작으로 강등시키며 영지를 회수했고, 크레티온 크라수스 경을 직위 해제해 버렸다. 실로 어이없는 일이라 할 수 있었다.

그 소식을 들은 대공은 땅을 치고 후회했다. 현 황제를 황음에 젖게 한 것은 자신과 자신의 여동생이니 말이다. 그저 꼭두각시가 필요했는데 그 꼭두각시가 자신에게서 등을 돌린 것이다.

회수한 영지는 귀족파의 한 명에게 하사되었고, 직위 해제된 제4기사단의 단장은 귀족파의 사람으로 다시 채워졌다.

황실기사단의 단장을 정함에 있어서 귀족의 소양이나 기사로서의 덕목은 필요 없었다. 그저 그 사람이 귀족파인지 아닌지만 중요했다.

작위의 강등과 승작이 그 모양이고 직위를 거두고 내리는 일이 그 모양이니 제국의 다른 일이 제대로 이루어질 리 없었다. 행정적인 일은 당연히 재상을 통해 이루어졌고, 재상은 그 모든 것을 관리하고 있었으니 말이다.

남부 농민의 난으로 잠시 반짝했던 자성과 충의의 기운은 자취를 감추고 제국은 전보다 더한 폭정과 착취의 어둠 속에 다시 잠기게 되었다.

제국의 수도와 행정이 그러하니 채 가라앉지도 않은 농민의 난의 열기 탓인지 제국 곳곳에서 도적의 무리와 산적 무리가 일어나 도처의 백성들을 수탈했고, 야심가들은 그 작은 틈을 비집고 들어 자신만의 세력을 일으켰다.

그 한 예로, 바로 동부와 북부의 경계 지역에 있는 니콜라에 차우셰스크 백작이 스스로를 칭왕하면서 군사를 일으켰다. 나름 주변을 아우르는 백작인지라 그의 밑으로 들어가는 귀족들이 있어 그 세가 자못 대단하였다.

또 하나의 예는 바로 중부에서 북부로 넘어가는 관문이라 할 수 있는 크로메스 산을 기점으로 난을 일으킨 알프레드 크루프가 있었다. 그는 농민군의 파편이었으나 세가 커지면서 난세의 틈을 비집고 일어난 자였다.

그의 세력이 원래는 그리 크지 않았다. 어차피 농민군의 패잔병으로 이루어졌으니 세력이 크면 얼마나 크겠는가. 하지만 그들에게만 있는 것이 있으니, 바로 식량이었다.

전란으로 피폐하고 폭정에 시달린 백성들은 바로 이 식량을 준다는 소문 하나만으로도 그들이 도적인지 산적인지를 가리지 않고 모여들었다. 겨우 4천 정도로 출발했던 그들의 세력은 순식간에 수만의 세력으로 불어났다.

　문제는 저러한 세력이 한두 개가 아니라는 것이다. 개중 가장 큰 세력이 두 개라는 것이니, 제국 곳곳에서 고만고만한 세력이 난립하니 귀족들로서는 제대로 그들을 진압할 길이 없었다.

　그에 귀족들은 중앙에 원군을 요청했다. 하지만 재상은 그것을 무시했다. 왜냐하면 다시 잡은 이 절호의 기회를 다시 놓칠까 두려웠기 때문이다. 대공파나 동부 쪽이 이를 갈고 있으니 이 기회를 놓치면 자신들은 죽음뿐이라는 것을 알고 있기 때문이다.

　그렇다고 아무런 대책 없이 그저 손만 놓고 있기에는 너무나 현실이 급박했다. 이르자니 권세가 무색하고 숨기자니 현실은 급박했다. 해서 그들은 잔꾀를 냈다. 바로 황후를 이용하자는 것이었다.

　그 잔꾀는 재상이 아끼는 수하의 머리에서 나왔다.

　"황후에게 흘리는 것이 어떻습니까?"

　"황후에게 흘리다니?"

　"황후전에도 포섭해 놓은 시녀들이 있습니다. 그들을 이용해 황후의 귀에 들어가게 하고 이어 재상께서 그것에 대한 대책을 가지고 들어가는 겁니다."

"흐음. 그런 연후에는?"

"개인 사재를 정리한 자금을 내놓는 것입니다. 물론 일부이지만 그래도 황제가 놀랄 정도는 되어야겠지요."

"오호, 그렇군. 재물이야 다시 모으면 되니 문제될 성싶지는 않군."

"그리고 연기를 좀 하셔야지요."

"알겠네, 알겠어."

그들의 잔꾀는 그대로 황제에게 먹혀들어 갔다. 다만 재상은 그 자리에서 몸서리칠 정도의 연기를 했다. 애절할 정도의 목소리에 간을 함에 있어 그 절절함이 묻어나도록 눈물까지 줄줄 흘리면서 말이다.

이에 홀딱 넘어간 현 황제는 재상의 충심을 의심하지 않는다 하며 재상을 비롯한 귀족들이 내어놓은 군자금을 되돌리고 난을 일으킨 도적들을 잡으라고 명한 다음 다시 향음에 젖어들었다.

재상은 자신의 의도대로 되자 크게 흡족해했다.

"이제 되었네. 커지기 전에 잡아야 하지 않겠나?"

"우선 큰 공훈을 세운 에이브라암스 백작으로 하여금 크로메스 산을 기점으로 일어난 도적을 잡게 하는 것이 어떻습니까?"

수하의 말에 고개를 끄덕이면서도 뭔가 미진하다는 듯이 되묻는 재상이었다.

"그들의 세력이 자못 크다지?"

"그렇습니다."

"이번에는 황실 마탑의 인물을 참여시켜 볼까 하는데……"

"그것도 좋습니다. 대신 저번의 민란처럼 지휘 계통의 혼선을 막기 위해 자작 정도가 좋을 듯합니다."

마치 입안의 혀처럼 말하는 즉시 답이 튀어나왔다. 그에 어느 정도 만족한 재상이 다시 화제를 돌렸다.

"그건 그렇게 하고, 차우셰스크 백작이라고 한다지?"

"그렇습니다."

"누구에게 맡기는 것이 좋겠나?"

"밀리예프 후작이 있지 않습니까?"

"그가 말을 들으려 할까?"

재상의 말에 잠시 말문을 닫은 수하가 곰곰이 생각을 했다. 그러한 그를 물끄러미 바라보는 재상이었다. 하지만 오래지 않아 이 똑똑한 수하는 이내 답을 생각해 냈다.

"아니면 아이젠 자작도 있습니다."

"아이젠 자작이라…… 혹 아이젠 상단의?"

"그렇습니다."

괜찮은 생각이었다. 역시 받아먹은 것이 있으니 그만큼 대우는 해주어야 할 것이다. 성공하고 말고는 차후의 문제였다. 능력이나 운이 거기까지밖에 안 되는 것이니 말이다.

"괜찮군. 그럼 병력은 어떻게 나누는 것이 좋겠나?"

"아마 가장 큰 두 세력이 진압된다면 나머지 무리는 알아서 사그라질 것입니다. 해서 확실하게 하기 위해 각각 15만의 병사와 1개 기사단을 지원하는 것이 어떻습니까?"

"조금 많지 않겠나?"

"아직 에이브라암스 백작이나 아이젠 자작은 중도 성향이 강하지만 나름 성의를 표시할 줄 아는 자입니다. 득이 될지언정 해는 없을 것입니다. 특히 대공파나 동부 쪽의 사람이 없으니 말입니다."

"그렇군. 그리 진행하게."

"알겠습니다."

그러한 결정은 곧바로 그 둘에게 알려졌다. 일주일 이내에 모든 준비를 마치고 출정식도 없이 출정해야 할 정도로 빠듯하게 계획이 잡힌 것이다.

"마침 잘되었군."

베르누크는 작전 명령서와 함께 임명장을 받고는 회심의 미소를 지었다. 그렇지 않아도 구데리안 공작의 개인적인 청 때문에 골머리가 아팠는데 생각보다 쉽게 해결될 것 같아서 였다.

"준비는?"

"이미 완벽합니다."

"그럼 오늘 늦은 저녁으로 하지."

"일러놓겠습니다."

그날 저녁 베르누크는 제이와 레너드 등 열 명으로 구성된 이들과 함께 은밀하게 움직였다. 그들이 향하는 곳은 다름 아 닌 삼황자궁이었다. 정상적인 방법으로 삼황자를 궁에서 벗 어나게 할 수는 없었다.

결국 방법은 하나, 납치였다. 이미 삼황자 역시 외조부인 구데리안 공작으로부터 전언을 들었을 것이다. 다만 삼황자 의 주변을 철저히 감시하고 있는 황태자 측 인물들과 이황자 측 인물이 문제였다.

하지만 베르누크와 움직이는 이들의 모습을 보니 굳이 걱 정을 하지 않아도 될 듯했다. 벌건 대낮에도 그들의 움직임을 알아채기란 그리 쉽지 않다. 이런 칠흑 같은 밤이라면 더더욱 문제도 아니었다.

다만 휘영청 밝게 빛나고 있는 화이트 문이 문제였다. 겨 울인지라 화이트 문이다. 가을의 레드 문과는 비교도 할 수 없을 정도로 밝았다. 어둡지만 않다면 낮이라고 할 정도로 말이다.

하지만 베르누크와 함께 움직이는 이들은 그러한 것은 별로 신경 쓰지 않는다는 표정이다. 일단 복장 자체가 검은색이었다. 눈이 보이는 곳 역시 검은색 망사로 덮여 있다.

그러함에도 시야의 제한이 없어 보였다. 몸놀림은 기민했다. 땅을 디딤에 어떠한 소리조차 흘러나오지 않았다. 전진을 함에 있어 주변의 지형지물을 철저하게 파악하고 이동하며 이용했다.

바로 옆으로 기사들과 병사들이 지나가고 있음에도 불구하고 베르누크와 일행의 존재를 감지하고 있지 못하니 그들이 얼마나 은밀하고 기민하게 움직이는지 알 수 있었다.

그렇게 외궁 경비를 따돌리고 다시 내궁 경비를 따돌렸다. 보통 외궁 경비는 20명 정도로 병사들로만 구성되어 있고, 기사들이 순찰을 돈다. 내궁 역시 20명이나 다섯 명 단위로 기사들이 포함되어 있다.

하지만 강화된 외궁 경비는 40명으로 늘어 있었고, 내궁 경비 역시 30명으로 늘어나 있었다. 황태자는 아닐지라도 황자이니 당연한 것이라고 여길지라도 너무나 많은 수의 경비 병력이다.

'일찍 돌아갈 것을 사교계에 데뷔한다고 개기다 이게 뭔 고생인지 모르겠네.'

여전히 불만스러운 베르누크의 속마음이었다. 원래의 계획은 승전식을 마치고 바로 복귀하는 것이었다. 한데 구데리안 공작과 밀리예프 후작이 이런저런 이유를 갖다 대고 승전 축하 파티가 열리는 바람에 복귀하지 못했다.

물론 거기에는 군사장인 카림의 조언도 한몫했다. 중앙 귀족들과 신흥 귀족들의 됨됨이와 함께 돌아가는 정세를 파악하기 위해서는 한동안 수도에 머물러야 한다는 것이다.

상단이 있기는 하지만 아직 정보 조직으로서 그 역할을 다하기에는 역부족인 상태. 상단과 정보 조직 두 가지의 일을 한 사람이 담당하기에는 쉽지 않은 일이었다.

또한 아직은 괜찮다는 안일한 생각에 정보 조직과 상단의 분리를 추진하지 않은 베르누크였다. 하지만 급작스런 정세의 변동에 의해 어쩔 수 없이 상단과 정보 조직을 분리해야 할 판이었다.

그러한 꿍꿍이를 속으로만 눌러 삼키고, 베르누크는 이윽고 삼황자가 있는 방에 도착했다.

"기다리고 있었습니다."

삼황자가 베르누크와 일행을 반기며 한 첫 마디다. 삼황자, 원래는 이황자이며 현 황제가 열일곱에 결혼하여 스물하나에 나은 두 번째 소생이다.

하지만 삼황자가 태어나고 첫째 황후와 둘째 황후가 의문의 죽음을 맞이하자 셋째 황후가 제국 유일의 황후가 된 후 일황자는 이황자가 되었고, 이황자는 삼황자가 되었다. 대신 이제 여덟 살인 삼황자가 황태자가 되었다.

비운의 황자라고 해야 할까? 궁에서의 삶이 이제 열 살밖에 되지 않은 아이를 조숙하게 만들어 버렸다. 활달하게 움직이고 이것저것에 호기심을 가져야 할 나이에 세상을 알아버린 것이다.

그런 삼황자에게 베르누크는 말했다.

"아버지라 부르시옵소서."

"……?!"

눈을 크게 뜨는 삼황자였다. 대뜸 아버지라니? 외할아버지께서 자신을 보호할 사람이 올 것이라 했다. 그 사람을 따라가면 살 수 있을 것이라 했다. 그리고 이 답답한 황궁을 벗어날 수 있을 것이라 했다. 그런데 그자가 자신에게 호부할 것을 지시하리라고는 생각지 못했다.

"아버… 지?"

"그렇사옵니다. 삼황자께옵서는 이제부터 지그프리트 아이젠이옵니다. 베르누크 아이젠 디 캘리노스 자작의 아들이옵니다. 아시겠사옵니까?"

"알… 겠습니다."

한 번이 어렵지 두 번은 쉬운 법이다. 그리고 이미 모든 것을 버렸다는 듯이 의연함마저 보이는 조숙증에 걸린 어린아이였다. 베르누크에게는 삼황자가 아니라 어른 흉내 내는 어린아이 그 이상도 이하도 아니었다.

다음 날 새벽, 삼황자 궁이 떠들썩했다.

오늘은 바로 한 달에 한 번 있는 오물을 청소하는 날이었다. 이미 인부들은 다 대기하고 있었고, 마법사들은 소리와 냄새가 퍼져 나가지 않게 데오데란트 마법을 실행하고 있었다.

그사이 삼황자가 궁에서 사라졌다.

삼황자의 책상에는 황제 폐하와 황후 마마께 상신하는 글이 있었다. 그것은 재상을 통해 곧바로 황제와 황후에게 전해졌다.

황제는 비통함에 젖어 더욱 황음에 젖어들었고, 황후는 남몰래 웃음 지었다. 황제는 성문 경비를 강화시키고, 기사들과 시종을 닦달하여 삼황자를 찾도록 했다.

황제의 명에 황궁은 부산해졌다. 그리고 그다음 날 황궁은 다시 평소와 다름없는 하루를 시작하였다. 황제는 황음에 젖고, 황후는 국정을 농단했다.

불과 하루 사이에 삼황자의 행방불명은 모두에게 잊히고 조용해졌다. 아니, 오히려 더 부산해졌다고 해야 할 것이다. 의도적인 것인지 아닌지는 모르나 삼황자가 사라진 시점으로

부터 반란군 진압을 위한 진압군에 대한 일이 수면 위로 떠올랐다.

귀족파는 황제의 눈을 가려 자신들의 실수를 만회하기 위해, 대공파는 실추된 황궁에 대한 권력을 다시 잡기 위해 말이다.

그러한 이유로 삼황자에 대한 일은 빠르게 잊혔고, 반란군 진압을 위한 진압군의 편성은 더욱 빠르게 이루어졌다.

*　　　*　　　*

출정식이 있던 그날, 7만의 경기병이 베르누크의 군세가 되었다. 그리고 3백의 제4 황실 근위기사단, 즉 별칭 화이트 와이번 기사단이 베르누크에게 배속되었다.

원래는 15만이라는 보병 병력이어야 했지만 7만의 경기병이 배속된 것이다. 그것은 베르누크의 강력한 주장과 현실적으로 다급해진 귀족파의 수장인 재상의 입김이 작용한 것이었다.

빨리 끝내면 빨리 끝낼수록 이익인 것이 귀족파이니 말이다.

이미 어느 정도 베르누크의 공훈이 인정된 상황에서 그 뒤를 조사해 보니 믿을 만하다는 결론에 도달했고, 그 주장을 받아들이기로 한 것이다.

물론 그것을 곧이곧대로 믿을 베르누크는 아니었다. 당연히 아이젠 상단주인 페트릭 스웰던이 뇌물로 상당한 금액을 찔러 넣어줬을 것이다. 거기에 카림이 급파한 레니의 언변이 상당부분 작용했을 것이다.

그렇다고 온전히 모든 것을 베르누크에게 맡기지는 않았다. 바로 3백의 화이트 와이번 기사단이 그 예라고 할 것이다.

화이트 와이번 기사단은 클리든 에우로파 자작이 단장이었다. 그는 맥파든 에우로파 백작의 아들로, 성정이 그 아버지와 다르지 않아 탐욕스러웠고, 시기심과 질투심이 강했다. 또한 골수 귀족파로 할아버지 대부터 귀족파에 몸을 담고 있었다.

귀족파의 수장인 재상과는 상당히 긴밀한 관계를 유지하고 있는 가문 중 하나라 할 것이다. 물론 그들의 입장에서는 그러하다. 재상의 입장에서는 어떠할지 모를 일이다.

그리고 이번 출정을 위해 황실 근위기사단의 명예가 있다 하여 한 단계 승작하여 출정에 참여하도록 했다. 그래서 그러한지 그는 첫 대면부터 상당히 호전적이고 거만하게 나왔다.

"아이젠 자작은 어디 출신이오?"

"북부의 캘리노스 영지에서 왔소만?"

턱을 내밀며 거만하게 물어오는 에우로파 자작의 말에 살포시 내천 자를 그리며 선선히 대답하는 베르누크였다. 시작부터 부딪치기 싫다는 것이 이유였을 것이다.

"그렇다면 무슨 공으로 자작이 되었소?"

"반란군을 무찌르는 여러 번의 크고 작은 싸움에서 약간의 공을 세워 그리 되었소만, 에우로파 자작은 무슨 공으로 자작이 되었소?"

"허어, 그렇소? 듣자 하니 농노들이 겨우 농사를 짓던 농기구로 싸움에 참여했다고 하던데, 그 큰 할버드로 마치 가을 추수가 끝난 밀짚 베듯 베셨겠구려."

이것은 비아냥거림이고 명백한 도발이다. 그렇게 말하면서도 연방 피식피식 웃어 보이는 에우로파 자작이었다. 그깟 농민군들 좀 잡았다고, 그리고 승작했다고 으스대지 말라는 것이다.

"나는 그렇게 해서 승작이 되었는데 에우로파 자작은 어떻게 해서 승작이 되었소? 요즘은 하도 돈을 주고 산 귀족 같지 않은 귀족들이 많아서 말이오."

"네 이놈! 감히 어디 북부의 촌놈이 대 에우로파 백작가를 욕하느냐!"

귀족 같지 않은 귀족이라는 말에 얼굴까지 붉히며 득달같이 화를 내는 에우로파 자작이다. 자신의 아버지가 백작이니 백작가는 맞는 말이지만 자신이 백작은 아니지 않은가?

벌떡 일어나 화를 내는 그의 모습을 지켜보던 베르누크가 피식 조소를 머금었다.

"지랄을 한다."

"뭐, 뭐라?"

"한 번 더 해줘?"

"네 이놈을!"

차앙!

검이 뽑혔다. 감히 사령관 앞에서 검을 뽑아 든 것이다. 그 모습에 하얀 이를 드러내며 히죽 웃는 베르누크였다.

짜악!

"크왁!"

순간 에우로파 자작은 눈에서 무언가 번쩍하는 것을 느꼈다. 그리고 화끈해지는 볼과 비릿한 냄새까지 났다. 눈을 떴을 때 자신은 뺨을 맞아 고개가 확 돌아갔고, 볼이 터져 피가 나고 있었다.

"이……."

쫘악!

"크헙!"

터덕!

이번에는 두 발이나 물러났다. 그것이 시작이었던 듯하다.

3백의 기사와 7만의 경기병은 똑똑히 볼 수 있었다. 사람이 맞으면서 위로 떠오를 수 있다는 것을.

빠각!

"커헉!"

뼈가 부러지는 소리가 나며 에우로파 자작이 그대로 사지를 활개 치며 바닥에 널브러졌다. 제국의 황실 근위기사단의 단장이니만큼 중급에 이른 기사다. 그런데 손 한번 제대로 써보지도 못하고 플레이트 메일은 여기저기 찌그러지고 얼굴은 알아볼 수조차 없을 정도로 망가져 버렸다.

실제 베르누크의 손을 본 사람은 아무도 없었다. 있다면 제이나 레너드 정도일 것이다.

순식간에 장내가 싸늘하게 냉각되었다. 3백의 화이트 와이번 기사단은 베르누크의 살벌한 기세에 꼼짝도 할 수 없었다.

"자, 또 불만 있는 사람! 하잘것없는 북부 촌놈이 사령관이 되어서 불만 있는 사람 나와! 상대해 줄 테니!"

베르누크는 방금 중급의 기사 한 명을 개떡이 되도록 만들어 놓고 숨소리 하나 흐트러지지 않고 땀 한 방울 흘리지 않으며 아주 나긋한 목소리로 외치며 기사들을 훑어보았다.

기사들은 움찔했다. 손이 검병을 잡으려다 말고 갈등의 빛이 역력했다. 대단하다는 것은 알겠는데 얼마나 대단한지 겪어보지 않아서 모르겠다는 표정이다.

쿠웅!

"기회를 주겠다. 오라!"

베르누크가 비로소 할버드를 들었다. 말과 무려 10미터나 떨어져 있었음에도 불구하고 말안장에 있던 무거운 할버드가 가볍게 베르누크의 손아귀에 떨어졌다.

그러한 기사에 또다시 기사들이 침을 삼켰다. 기회를 주겠다고 했으니 기회이긴 한데 어떻게 해야 할지 모르겠다는 표정들이었다.

"병신들! 너희가 기사던가? 조금 강한 상대가 앞에 있다고 옳다고 생각하는 것을 하지 못하는 것이 기사던가? 또한 옳고 그름을 판단해야 할 기사들이 꼬리를 만 강아지 모양으로 숨을 죽이는 것이 기사이던가? 너희는 기사가 아니다. 검을 버려라. 아까운 플레이트 메일을 벗어라. 같잖은 폼도 잡지 마라. 기회를 본다? 지랄하지 마라. 너희에게는 기회가 없다. 나는 너희가 필요 없다. 뒤에서 수군대고 나서지도 못하는 여인네보다 못한 너희는 필요 없다. 나는 내 등을 맡길 수 있는 7만의 기병이 너희보다 낫다."

속사포같이 말을 쏘아낸 베르누크는 자신의 말에 올라탔다. 말고삐를 잡아채고 할버드를 높이 들었다.

"데빌 킹(악마왕)으로서 명하노니! 진격하라!"

"추웅!"

그와 함께 베르누크는 말의 배를 차 달려나갔고, 그 뒤를 이어 군사들과 기사들, 그리고 7만에 이르는 기병이 말을 몰아 수도의 외성 문을 나섰다.

에우로파 자작은 아직도 피를 게워내며 바닥에 쓰러져 있었고, 베르누크에게 지독한 독설을 들은 기사들은 아직도 정신을 차리지 못하고 멍하니 서 있었다.

그들은 알고 있었다.

베르누크라는 단 한 명에 의해 3백이라는 화이트 와이번 기사단 전원이 처참하게 패했다는 것을 말이다.

그리고 농민의 난을 진압하면서 새롭게 기사들의 영웅으로 떠오르는 자가, 데빌 킹이라 불리며 자가 바로 그임을.

그리고 그를 보좌하는 30인의 블러디 나이츠가 바로 그의 뒤를 따른 기사들임에 환희와 함께 절망을 느껴야만 했다.

"하아!"

그중 가장 먼저 깨어난 한 명의 기사가 득달같이 말을 잡아타고 7만의 기사가 떠난 꽁무니를 따라 달렸다.

그것이 시작이었음인가? 3백의 기사는 너나 할 것 없이 말을 타고 달려나갔다.

그들이 달려나가고 남은 에우로파 자작, 그가 꾸물거리며 움직였다. 그렇게 당했음에도 눈에서는 시뻘건 살기를 줄기줄기 뿜어내고 있었다.

"베르누크 아이젠! 주, 죽인다! 죽이고야 말겠다!!"

*　　　　*　　　　*

"아마 저들은 이곳 평원에서 결판을 내려 할 것입니다."

군사장인 카림이 조용히 물러나 있고, 지도 앞에서 설명하는 것은 에르빈이었다. 물론 카림도 이곳의 지리를 파악하고 있겠으나 평생을 이곳을 기반으로 싸워온 에르빈만은 못할 것이다.

그래서 지형 설명과 대략적으로 적이 치고 나올 작전에 대해서 개괄적으로 설명하고 있는 것이다.

에르빈의 설명에 베르누크는 고개를 끄덕였다. 자신이라 해도 그러할 것이다.

굳이 이점이 있는데 이점을 버리고 약점을 취할 이유는 없으니 말이다. 하지만 적들은 아직 베르누크에 대해 모르고 있었다. 귀족파 중의 한 사람이라거나 널리고 널린 귀족 중의 한 명 정도로밖에는 말이다.

거기에 군세도 겨우 7만 정도이다. 그렇다는 것은 저들에게 있어서 치명적인 약점으로 작용할 것이다. 왜냐하면 바로 방심이라는 괴물 때문이다.

하지만 그들은 방심하지 않았나 보다. 지금 에르빈이 말했던 평원에서 그들을 기다리고 있는 반란군의 군세를 보니 예상했던 10만을 훨씬 상회하고 있었다.

반란군 진영에서 나부끼는 기를 보니 스스로 칭왕하여 왕국의 기를 중심으로 가신들의 기가 나부끼고 있었으며, 그 기에는 주변 남작이나 자작의 기가 여럿 되어 예상했던 10만을 상회하여 15만에 이르고 있었다.

처음에는 그 군세에 잠시 당혹했으나 이내 안정을 되찾는 베르누크의 진압군이었다. 적들의 15만 중 거의 6~8만에 이르는 병력이 강제 동원된 노예나 농민, 영지민이기 때문이다.

차우셰스크 백작이 애초에 주변 영지를 복속시킬 때는 분명 강제 동원된 병력이 아닌 자신만의 정예병을 동원하였을 것이다. 정예병만으로도 주변의 허약한 영지를 복속시킬 수 있었으니 당연한 일이다.

하지만 중앙군은 다르다. 기사도 있을 뿐 아니라 모두 기병이었다. 그렇다는 것은 웬만한 군세로는 그들을 어찌해 볼 도리가 없는 것이다.

때문에 강제 동원한 병력을 전면에 내세워 적의 힘을 빼고, 적의 힘이 빠졌을 때 정예병을 동원한다는 전략을 짠 듯했다.

어찌 되었든 첫날은 그렇게 흘러갔다. 서로가 서로의 군세를 확인하고 전략을 어찌 짜야 할지 고민하는 그런 시간이었다고 할 것이다. 정확한 군세와 지형이 나와야 전략이 짜이기 때문이다.

다음 날.

둥! 두웅! 둥! 두웅!

뿌우우~ 부우욱!

이른 아침부터 북이 울렸다. 뒤이어 진군의 나팔이 울렸다. 베르누크의 좌군은 제이가 맡았고, 우군은 레너드가 맡았다. 그리고 중군 선봉은 에르빈이 맡았다. 베르누크는 중앙 진채를 형성하며 전체적인 전장 조율을 하기로 했다.

제이의 옆에는 레니 프리어스가 따라붙었고, 레너드의 옆에는 체임 바이스만이 따라붙었다. 중앙 진채에는 역시 카림 클라우제비츠가 위치하여 베르누크가 전장을 조율하는 데 조언을 줄 예정이다.

7만 중 2만이 좌군으로, 2만이 우군으로, 2만이 중군 선봉으로 나섰다. 그리고 일정한 간격을 벌리며 서서히 서로가 있는 방향으로 전진해 갔다. 차우셰스크 백작의 진영은 6만의 일반 보병을 3만씩 좌우로 나누어 방패막이를 하였다.

베르누크가 보아서 가장 우측에는 기사단이, 가장 좌측에는 경기병이 자리하고 있었으며, 좌우로 벌린 6만의 뒤에는 중갑돌격병 3만이 자리하고 있었다.

자연스레 전술이 보였다. 궁병이 화살을 날리고 적을 혼란스럽게 하는 동안 좌측의 경기병이 빠르게 내달아 중앙을 가르며 혼란을 야기한다. 그 후 6만의 보병은 미끼 역할이다. 죽어도 상관없는 병력.

그들이 도달하면 혼란이 극한에 이를 것이고, 그러한 혼전이 야기될 때 다시 중갑돌격병이 완전히 기세를 꺾는다. 중갑돌격병이 기세를 꺾을 때 기사단 역시 돌격하여 적의 지휘부를 잡아내는 전법일 것이다.

훈련되지 않은 영지병을 집어넣어 수적인 우세로 적의 혼란을 야기하고 그 틈을 이용하여 승리를 쟁취하는 방법이라 할 것이다. 하지만 그것은 그러한 전략을 눈치채지 못했을 때의 이야기다.

차우셰스크 백작 진영과 어느 정도 가까이 접근했을 때 베르누크는 진군을 멈추었고, 그와 동시에 중군 선봉장인 에르빈 롬멜이 말을 몰아 양 진영의 중앙으로 나섰다.

"나는 에르빈 롬멜이라 한다! 선대 영주이셨던 에인리히 롬멜 백작의 아들이다! 내가 돌아왔다! 반란군을 제압할 선봉장이 되어 내가 돌아왔다!"

그 말에 훈련되지 않은 영지병들이 수군대기 시작했다. 그들은 기본적으로 농민이다. 평생을 지금의 영지에서 살았다. 아버지가, 아버지의 아버지가, 그 아버지의 아버지의 아버지도 말이다.

25년 전 기사의 변이 일어나지 않았더라면 지금도 이 영지는 롬멜 백작가의 영지였을 것이다. 하지만 어느 순간 변하였다. 자애롭고 영민하던 롬멜 백작이 물러나자 흉악하고 광포한 이가 영지를 다스렸다.

초야권이 실시되고, 세금이 8할을 넘겼다. 모든 사유 재산은 영지에 귀속되었고, 모든 식료품은 배식과 배당에 의했다. 자유농이었던 이들은 농노로 전락했고, 농노였던 이들은 개, 돼지보다 못한 노예로 전락했다.

영주는 절대적인 존재였으며, 그 절대에 맞서는 자는 바로 다음 날 공개 처형을 당하고 그 목은 잘려서 성문 앞에 효시되었다. 영지민은 두려움에 떨었고, 그 누구도 나서지 못했다.

그 와중에 10년 전부터 에인리히 롬멜 백작의 아들이 차우셰스크 백작을 괴롭히기 시작했다. 패악을 일삼는 경비병을 죽였고, 차우셰스크 백작을 믿고 자신의 배를 불리던 행정 관리를 벌하여 그 재물을 영지민에게 나누어 주었다.

그리고 몇 달 전에는 차우셰스크 백작의 심복인 세쿠리타테의 목을 베어 영주성 외성 출입문에 효시하였다. 그러한 에인리히 롬멜 백작의 아들 에르빈 롬멜이 나타났다.

온갖 패악을 일삼고 스스로를 칭왕하는 자를 징치하기 위해서 말이다. 강제로 동원된 병사들의 얼굴이 기괴하게 변했다. 몇 달 동안 그 활동이 없었기에 자신들을 버린 줄 알았다.

그러한데 그가 돌아왔다.

"니콜라이 차우셰스크, 듣고 있는가? 네가 배신한 주군의 아들이 돌아왔다. 네 간사한 혀를 뽑고, 네 간악한 머리를 박살 내며, 너의 그 치졸한 눈을 씹어 먹을 이 에르빈 롬멜이 왔다는 말이다."

그 말에 차우셰스크 백작은 분노했다. 어디서 가당치도 않은 놈이 자신의 이름과 성을 함부로 부르고 있는 것이다.

"누가 있어 저놈을 잡아오겠는가!"

"신이 그를 잡아오겠나이다."

그때 곁에 있던 한 명의 기사가 모닝스타를 휘두르며 득달같이 말을 몰아 전장의 중심으로 다가갔다. 사방으로 뻗친 수염이 자못 위맹해 보였다.

"이놈! 나는 악숨의 콜린이라 한다! 네 그 간사한 혀를 뽑으리라!"

대단한 기세로 득달같이 달려오는 콜린이라는 자를 본 에르빈은 그대로 짓쳐 달려나갔다. 말고삐조차 놓아버리고 한 손으로는 날아오는 모닝스타를 빗겨 막고 한 손으로는 비어버린 콜린이라는 자의 허리를 갈랐다.

투훅!

"와아아아아!"

콜린이라는 자의 허리가 그대로 잘려 나갔다. 상체는 말에서 떨어져 전장에 나뒹굴었고, 놀란 말은 잘린 하체만을 싣고 차우셰스크 백작의 진영으로 꽁무니가 빠져라 달아났다.

"싱겁구나, 싱거워. 어찌 이런 놈들이 기사라고 하느냐? 나의 뒤를 따르는 경기병조차도 감당할 수 없을 자이지 않은가? 니콜라이 차우셰스크야! 어떠하냐! 너는 어떠하냐? 숨어 있지 말고 나서라!"

그러자 차우셰스크 백작군에서 또 한 명의 기사가 득달같이 달려나왔다. 이번 기사는 자신의 소개도 없었다. 그저 달려오는 기세 그대로 창으로 에르빈의 몸통을 노리고 찔러 들어왔다.

하나 그자 역시 에르빈의 상대는 못 되었다. 그 또한 단 일합에 몸통과 목이 분리되어 베르누크가 이끌고 있는 진압군의 사기만 올려주었다. 이쯤 되자 차우셰스크 백작은 제 성질을 이기지 못하고 입에 거품까지 물며 노발대발하였다.

이에 이번에는 두 명의 기사가 말을 몰아 에르빈을 향해 쇄도해 왔다. 그들은 그래도 모두 오러 안을 펼치는 실력을 갖춘 중급의 기사였다.

2대 1의 상황이 전장의 중심에서 벌어졌다. 비겁하다 할 것이나 어차피 전쟁이라는 것 자체가 비겁한 것 아니겠는가? 이기면 되는 것이다. 차우셰스크는 그것을 알고 있었다.

세 명이 말을 타고 어우러졌다. 기합성이 울렸고, 말의 울음 소리가 평원을 질타했다. 양 진영의 모든 지휘관과 병사는 치열한 전투에 온 정신을 빼앗겼다.

그러는 동안 베르누크의 좌군과 우군이 움직였다. 슬금슬금 움직이고 있다. 또한 적의 좌우 멀리서 부연 먼지가 일어나고 있다. 무언가 급박하게 다가오는 모양새다.

베르누크의 눈동자가 전장의 중심을 향하지 않고 푸르기 이를 데 없는 하늘을 바라보았다. 구름 한 점 없는 맑은 하늘에 티끌 세 개가 보였다. 그러자 베르누크의 입꼬리가 살짝 올라갔다.

"시간이 되었군. 깃발을 올리게."

"명!"

모두가 치열하게 접전이 벌어지고 있는 전장의 중심을 바라보고 있을 때 베르누크가 속해 있는 중군에서 붉은색의 기가 올랐다. 그와 함께 슬금슬금 움직이던 좌군과 우군이 득달같이 좌우로 넓게 퍼져 나갔다.

그것이 신호였던지 에르빈의 기세가 갑자기 변했다. 그의 양손에 쥐고 있는 마상 장도에서 오러 리저넌스가 길게 울음을 터뜨리며 맞서 싸우던 두 명의 기사의 목을 베어버렸다.

"중군 선봉은 진격하라!"

"우와아아!"

갑작스럽게 벌어지는 어처구니없는 상황에 차우셰스크 백

작은 잠시 멍해졌다. 기사라는 것들이, 중앙군이라는 것들이 장군전을 하는 도중에 진격 명령을 내리다니 있을 수 없는 일이다.

"국왕 폐하! 어서 명을 내리소서!"

"지, 진격하라!"

"진격하라!"

하나 그 소리는 이내 커다란 폭음과 비명 소리가 어우러지면서 그 속에 묻혀 버렸다. 갑작스럽게 하늘에서 불덩이가 쏟아져 내렸다. 그리고 중군의 좌측에서 용병으로 보이는 자들이 득달같이 달려왔고, 우측 기사 다섯 명에 보병 2천으로 이루어진 귀족군이 덮쳐들었다.

"이, 이게 무슨 일이냐?"

"크. 큰일 났습니다. 적의 지원군이 있나 봅니다. 거기에 5서클을 능가하는 마법사까지?"

"뭐, 뭐라? 어, 어찌……!"

할 말을 잃어버린 차우셰스크 백작이었다. 적의 병력은 7만이 다가 아니었다. 기사단이 있던 우측은 최초 마법에 의하여 화염의 대지로 변한 지 오래고, 그 뒤를 이어 적의 좌군이 악마의 병사처럼 가차없이 기사들을 도륙하고 있었다.

좌측 경기병 역시 다르지 않았다. 그들이 맞닥뜨린 것은 용병이었다. 하지만 일반 용병과는 판이했다. 파비스라는 방패와 두세 명씩 어울려 효율적으로 경기병을 공략하였고, 뒤이어 닥쳐온 적의 우군에 의해 가을날 밀짚이 썰려 나가듯 사라졌다.

농민들로 이루어진 전방의 병력은 이미 에르빈 롬멜이라는 이름에 혼란이 가중되더니 이내 에르빈 롬멜의 이름을 연호하면서 진영을 바꾸어 적군이 되어버린 지 오래였다.

그렇게 적들은 차근차근 무너져 내렸다. 마법의 효과는 대단했다. 평생 한 번도 보지 못한 5서클의 파이어 필드에 군마가 불타 진영을 흐트러뜨렸고, 화염의 벽에 가로막혀 뜨거운 불속에서 타 죽었다.

전후좌우를 가리지 않았다. 대규모 살상력을 가진 4서클과 5서클의 마법이 약간의 시간차를 두고 연속적으로 터져 나오자 진형은 무너지고 무기를 버리고 도망가는 자들이 속출했다.

그 아비규환을 말없이 지켜보는 베르누크였다. 그리고 그 옆에는 초로의 노인이 한 명 서 있었다.

"오랜만에 뵙습니다, 영주님."

"라이너님 덕을 톡톡히 봅니다."

"제 덕이겠습니까? 다들 그만큼 노력을 한 덕택이지요."

전투 마탑의 마탑주 카이시스 라이너. 잊힌 존재. 그가 이곳에 왔다. 그의 두 수제자 막시무스 스토리지 자작과 제레미 웹 경을 이끌고 말이다.

단 세 명의 마법 전력이었지만 고 서클의 마법 전력은 20만의 보병보다 더 강력했다.

"실력이 많이 느 것 같습니다."

"다들 빠르게 성취를 이루더군요. 저는 단지 길잡이의 역할을 할 뿐이었습니다."

마탑주 카이시스 라이너의 목소리는 겸양을 하긴 했지만 자랑스러움이 묻어나 있었다. 그에 베르누크는 웃었다. 이럴 때 보면 진정 사람 같았기 때문이었다.

"어느 정도입니까?"

"막시무스가 5서클이고 제레미가 4서클입니다."

"마탑주님께서도 서클 하나 올리셔도 될 것 같습니다."

"호오~ 제가 관여하는 것을 싫어하시는 것 아니었습니까?"

마탑주의 물음에 베르느쿠는 어깨를 으쓱해 보이며 말을 이었다.

"처음엔 그랬습니다. 인간의 역사는 인간의 손으로 쓰여야 하니까요."

"처음엔 그랬다? 그것은 지금은 달라졌다는 말입니까?"

"지금은 조금 달라졌습니다. 제가 억지로 하라 한다고 하실 분은 아니라는 것 알고 있습니다. 그저 호기심에 잠시 지켜보는 것일 뿐이라는 것도요. 하지만 그래도 이왕 하실 유희, 확실하게 하시는 것이 좋지 않겠습니까?"

베르누크의 말에 마탑주, 아니, 유희 중인 드래곤 카이벨라 이시스 라이오너 프란첼로는 깊은 관심을 드러냈다. 마치 굉장히 흥미로운 무언가를 발견했다는 듯이 말이다.

"확실하게 한다……. 구체적으로?"

"전무후무한 전투 마탑을 만드는 것이지요. 생활과 전투에 특화된 마탑 말입니다. 전투가 없을 때는 실생활에 도움이 되는 마법과 전투가 있을 시에는 선두는 아닐지라도 적에게 무한의 두려움을 주는 마법사로요. 지금같이 뒤에서 깔짝거리는 허약한 마법사가 아니라 말입니다. 건강한 신체에 건강한 정신이 깃드는 것이 아니겠습니까?"

"호오, 건강한 신체에 건강한 정신이라……. 참고하도록 하지요."

그렇게 대답하고는 전방을 바라보는 카이시스 라이너였다. 그에 의미심장한 웃음을 씨익 웃고는 베르누크도 시선을 같이했다. 생각은 무슨, 이미 결정된 것이나 다름없으니 말이다.

CHAPTER
07

황궁에 이는 피바람

Knight King

그들이 바라보는 곳. 그곳에는 에르빈 롬멜이 있었다. 제이 브레이커도 레너드 베인도 없었다. 오직 긴 마상 장도를 양손에 나누어 쥐고 말고삐조차 놓고 사방을 바람처럼 내달리는 에르빈 롬멜이 있었다.

사람이 말과 함께 통째로 갈라졌고, 피가 사방으로 비산하였다. 두 번은 없었다. 오직 한 번의 가름이 있을 뿐이었다.

"차우셰스크! 나서라! 숨지 말고 나서란 말이다!"

에르빈의 고함에 사방에서 검과 창이 난무하며 찔러들어오고 베어들어 왔다. 하지만 그 모든 공격이 무위로 돌아갔

다. 말과 떨어져 하늘로 치솟아 내려치는 마상 장도의 환영이
찔러오는 모든 이의 목을 잘라내었다.

"저… 저……."

차우셰스크 백작은 정신이 없었다. 전후좌우 어디를 보아
도 도망갈 곳이 없었다. 평소 자신의 주변을 호위하며 기세등
등하던 기사들은 온데간데없었다. 몸과 목이 분리되어 있었
고, 말과 함께 바닥에 뒹굴었다.

시시각각으로 다가오는 에르빈의 모습이 점점 커져만 갔
다. 순간 더 이상 물러날 수 없다는 것을 깨달은 탓인지 차우
셰스크 백작의 입술이 비틀렸다. 자신이 왜 저딴 애송이를 무
서워해야 하는지 모르겠다는 표정이다.

"크하하하! 많이 컸구나! 그래, 어디 내 목을 가져가 보아
라!"

차우셰스크 백작은 검을 빼어 들고 득달같이 에르빈을 향
했다. 이미 또 한 기사의 목을 베고 피가 뚝뚝 떨어지는 검을
들고 있던 에르빈의 눈이 섬광을 토해내듯 밝게 빛났다.

"오느냐? 그래, 오는구나! 30년의 한을 풀어줄 자가 오는구
나! 으하하하하!"

하늘을 향해 앙천광소를 터뜨리며 에르빈이 마상 장도를
굳게 움켜잡았다. 그리고 자신을 향해 미친개처럼 달려오는
차우셰스크 백작을 향해 내달렸다. 찔러오는 창을 모조리 자

르고 베어오는 검을 모조리 박살 내었다.

두두두두!

서로를 향해 거침없이 쇄도해 가는 두 사람이었다. 한 사람
은 회끗한 머리에 노쇠한 얼굴이 그대로 드러나 있고, 한 사
람은 자신의 피인지 다른 사람의 피인지 모를 정도로 피를 흠
뻑 뒤집어쓴 자였다.

두 사람이 맞붙었다. 마치 시간이 서서히 흐르는 것처럼 두
사람의 동작은 서서히 흘러갔다. 차우셰스크 백작이 찔러 넣
었고, 에르빈이 마상 장도로 흘려내었다.

차우셰스크 백작은 방패로 차징을 시도하였고, 에르빈은
말과 수평으로 몸을 뉘여 피하였고, 둘이 서로 스치는 순간
마상 장도를 고쳐 잡은 손이 번개처럼 휘둘러졌다. 시간을 다
시 되돌리듯이 말이다.

촤화아악!

순간 차우셰스크 백작의 몸이 기우뚱했다. 그리고 상체는
그대로 땅에 떨어졌고 하체만 말을 탄 채 전력질주하고 있다.
에르빈은 말고삐를 잡아채고 말을 돌려 차우셰스크 백작에게
다가갔다.

무언가 말을 하려 하는 차우셰스크 백작의 입이었으나 이
미 죽은 몸. 사후경련이라 할 수 있었지만 에르빈에게는 그것
이 변명을 위한 입놀림처럼 보였다.

서걱!

그대로 마상 장도를 움직여 목을 베고 그 목을 칼끝에 꽂아들며 외쳤다.

"반란의 수괴 차우셰스크 백작의 목이 여기 있다! 살려는 자! 무기를 버려라!"

"우와아아!"

에르빈의 외침에 반란군의 사기는 급격하게 꺾였고, 진압군의 사기는 급격하게 올라갔다. 도처에서 도망가는 반란군이 늘었고, 도망가기를 포기하고 무기를 버리고 항복을 표하는 자들도 생겨났다.

제국력 1045년, 동북 지역에서 일어난 니콜라이 차우셰스크 백작의 반란은 이렇게 자신이 배신했던 주군의 아들에 의해 몸통이 분리되면서 그 끝을 알렸다.

또한 그 무식하리만치 저돌적인 공세에 의해 무너진 반란군에 대한 소문은 제국 전체를 들썩이게 했다.

겨우 7만의 경기병으로 15만의 반란군을 진압하였으니 당연하다 할 것이다.

또 한 번 데빌 킹의 이름이 호사가의 입에 오르내렸고, 그를 따르는 블러디 나이츠는 데빌 나이츠라는 호칭으로 바뀌게 되었다. 적에게는 악마의 호칭인 데빌 킹이라 불렸지만, 베르누크는 아군에게서 새로운 호칭을 얻었다.

바로 나이트 킹.

기사의 표본인, 모든 기사의 왕을 뜻하는 나이트 킹이라는 호칭 말이다. 나이트 킹 베르누크의 이름이 역사에 족적을 남긴 바로 첫 전투였다.

이 한 번의 전투로 베르누크는 많은 것을 얻을 수 있었다. 물론 영지야 제국으로 환수되었지만 떠난 줄 알았던 용병들이 더 많은 인원으로 복귀하였고, 아드리안 남작이 스스로 머리를 숙여 그의 가신 되기를 자처하였다.

또한 후에 알려질 전투 마탑의 위명을 알리는 아주 작은 계기를 만들었다. 마탑주가 6서클이며 부마탑주 두 명이 각각 4서클과 5서클에 이르러 있으니 제국의 4대 마탑이나 황실 마탑에 뒤지지 않을 것이라 할 것이다.

그렇게 제국에 숱한 전훈과 영웅담을 남기고 베르누크는 영지를 떠난 지 8개월 만에 다시 영지로 돌아왔다.

무려 반년이라는 길다면 길고 짧다면 짧은 시간이었겠으나 잃은 것보다는 얻은 것이 백배는 많은 외유였다.

그가 없는 동안 영지의 영지민은 상당히 늘어 있었다. 떠날 당시 겨우 6만이었던 영지민이 무려 15만에 이른 것이다. 거기에 포타이아 평원이 영지로 귀속됨으로써 영지 또한 늘었다.

베르누크가 없는 동안 영주 대행으로 그 직무를 수행한 카이시스 라이너 마탑주의 노력 덕택인지 마법 전력도 상당히 늘어 있었다. 떠날 때는 종군 마법사까지 포함하여 겨우 열 명이었던 마탑의 인원이 자그마치 30명으로 늘어 있었다. 물론 30명 중 20명이 1서클과 2서클 초급이었지만 말이다.

하지만 중요한 것은 그들을 이끄는 열 명의 마법사다. 그들의 실력이 일취월장했다는 것이다. 불과 8개월 만에 말이다.

기사 또한 마찬가지였다. 기실 떠날 당시엔 기사 25명이 전원이라고 해도 과언이 아니었다. 어떤 이들은 비웃을지 모르나 베르누크는 실제 경기병을 제외하고 영지의 전력을 이번 반란군에 투사한 것이다.

한데 돌아와 보니 기사 지망생이 무려 50명이나 되었다. 당연히 선발만 해놓은 상태로 기본적인 훈련을 하고 있을 뿐이다. 그들을 기사로 임명할 영주가 없으니 당연한 것이라 할 것이다.

영주 대리가 있다고는 하나 어디까지나 대리일 뿐 영주가 아니다. 때문에 아직 기사 지망생으로 남아 있는 그들을 정식 기사로 발탁하면서, 베르누크는 바쁘게 영주 업무를 보기 시작했다.

영지 개발 5개년 계획의 실효성 검토와 함께 결과를 도출해야 함은 물론이고, 상단의 일과 새로 편입된 영지로의 영지민 이주와 기사와 마법사 등 영지 전반에 걸쳐서 새로운 계획을 마련해야 했기 때문이다.

그렇게 베르누크는 바쁜 하루하루를 보냈다. 끊임없이 몰려는 일과 떠돌이 난민들, 그리고 새로운 영지 재편이라는 과제를 안고 말이다.

*　　　*　　　*

난을 일으켰던 가장 큰 세력 중 두 세력이 진압되었으나 제국은 여전히 크고 작은 민란과 소요가 끊이지 않았다. 물론 베르누크의 활약으로 인해 잠시 주춤하기는 했지만 여전한 크고 작은 민란과 소요였다.

그리고 그것은 제국의 앞날에 비해서는 아주 사소한 것이었다. 정작 중요한 것은 곪을 대로 곪은 귀족과 군부일 것이다. 그리고 그 곪은 부분은 반드시 터지게 마련이다.

제국력 1049년 따뜻한 봄날의 오후 즈음, 현 황제인 지그문트 트리스탄 카일 폰 히르센은 스스로의 삶이 얼마 남지 않았음을 알고 황후와 함께 대공을 불러들였다.

황후와 대공은 이미 현 황제의 생명이 얼마 남지 않았음을 알고 있었다. 겨우 34세에 불과하나 황음에 젖어 살아온 날이 어언 20년 가까이 되어간다. 무너져 가는 제국의 황제로 살아

남은 것 자체가 대단하다 할 것이다.

그러한 생명도 이제는 다하여 가까이 있는 황후와 대공을 불러 그 후사를 정하려 하는 것이다. 물론 모든 것은 다 완비되어 있었다. 황태자도 이미 불렀다. 지금 부랴부랴 울며불며 달려오고 있을 것이다.

아무리 자신이 죽기를 기다린다고는 하여도 그래도 몇 년간을 살을 맞대고 살아온 황후이고, 그러한 황후를 지켜준 대공이다. 해서 마지막 숨이 남아 있을 때 그들을 불러 후사를 정하려는 것이다.

당연히 후사는 현 황태자인 베르키스 트리스탄 폰 히르센으로 결정되었다. 그 결정을 알린 후 황제는 마지막 숨을 꺽꺽대며 거두었다. 하지만 그 순간 대공은 그 누구도 이 사실을 밖에 알리지 못하게 하였다.

대공은 지금 이 순간을 이용하려 생각하고 있었다. 어차피 자신의 조카가 황제의 자리에 오르자면 귀족파를 제거해야만 한다. 그들은 과거에는 일황자였으나 지금은 이황자가 되어버린 쿠루이드 트리스탄 폰 히르센을 밀고 있으니까.

"잘 들으십시오, 마마. 지금이 중요합니다. 지금이 아니면 영원히 귀족파의 수장인 재상을 제거할 시간이 없음이옵니다."

"하나 오라버니."

"마음 단단히 잡수셔야 하옵니다."

"알겠어요. 제가 어찌하면 되나요?"

처음 망설이던 황후는 이내 독한 눈빛을 내며 오라비를 바라보았다. 자식을 황제에 올리기 위함이다. 이보다 더한 일도 서슴지 않았는데 이제 와서 망설일 필요는 없었다.

"재상을 불러들여야 합니다. 물론 그전에 모든 것을 준비하여야 할 것입니다. 제상의 목을 치고 일시에 귀족파의 수뇌부를 제거해야 합니다. 시간이 생명입니다."

"기사들과 병사들이 있어야 하지 않겠어요?"

"이미 준비되어 있사옵니다. 명을 내려주소서."

그에 황후는 바로 마음을 다잡으며 시종장을 불렀다. 그리고 그 시종장으로 하여금 재상을 불러들이게 하였다.

이미 오래전부터 시종장과 시녀장은 그들에 포섭되어 수족과 같이 되었기에 놀란 가슴임에도 불구하고 틀림없이 재상을 유인할 것이다.

물론 황제의 침소를 관리하는 시녀 중에 재상의 편에 줄을 선 이들도 있을 것이다. 하지만 이러한 것을 이미 예상한 대공에 의해 황제의 침소를 관리하는 시종과 시녀들은 누구도 밖으로 나갈 수 없었다.

시종장의 말을 전해 들은 재상은 숨을 헐떡이며 부리나케 황제의 침소로 내달렸다. 황제의 목숨이 경각에 달했다 하니 적어도 대공보다는 먼저 도착해야만 했다.

또한 혹시 모를 사태에 대비하여 황실 마탑의 부탑주와 제2황실기사단의 단장을 동행시켰다. 하지만 황제의 침소로 들어가기 전에 제1황실기사단의 제지에 뜻을 이룰 수 없었다.

"재상께서만 들라 하시는 명을 받았습니다."

"자네들, 나를 모른단 말인가? 황실 마탑의 부탑주네."

"허, 이 친구들, 제2황실기사단의 단장인 나조차 들 수 없다는 말인가?"

"명을 받은 적 없습니다."

여전히 무뚝뚝하게 나오는 기사들에 대하여 강한 분노를 느꼈지만 재상은 어쩔 수 없다는 것을 알고 있다. 제1황실기사단은 오직 황제의 명만 받드니 말이다.

"괜찮네. 혼자 들어가겠네."

"위험하지 않겠습니까?"

"그래도……."

"괜찮을 게야. 황제 폐하께서 계시는 자리일세. 아무리 담이 큰 대공이라 할지라도 별다른 행동은 하지 않을 것이네."

"크음. 그럼 무슨 일이 있거든 바로 나오십시오."

"알겠네."

마탑주가 그래도 안심이 안 되는지 마탑주의 손을 잡았다. 순간 재상의 눈빛이 변했다. 손바닥 안에 느껴지는 이질적인 느낌. 그 모습에 황실 마탑의 부탑주가 살짝 귀엣말을 이었다.

"텔레포트 마법이 내장된 마법 무구입니다. 위급 시 사용하시면 될 것입니다. 위치는 마탑의 제 집무실로 되어 있습니다."

"고맙소."

재상은 진심으로 고마웠다. 기실 자신도 조금은 꺼림칙했다. 평소 잘 오지 않던 시종장이 직접 왔다는 것도 그렇고, 평소와는 다르게 딱딱해진 경비기사도 그러했다. 물론 황제 폐하께서 위독하니 당연한 수순이라고 생각할 수도 있겠으나 원래와는 다른 굉장한 위화감을 느끼고 있었다.

"어흠! 그럼 들어가겠네."

"절 따라오십시오."

대기하고 있던 시종장이 재상을 안내했다. 이미 황제의 침실 구조는 다 알고 있다. 해서 시종장은 앞서 가지 않고 우측 반보 뒤에서 재상을 인도했다. 재상 또한 지극히 자연스러운 행동이라 고개를 끄덕이며 안내에 따랐다.

"대공께서 먼저 오셨습니까?"

"늦었소이다."

간단한 말이 오갔다. 재상은 대공 옆으로 있는 황제의 침대를 바라보았다. 엷은 휘장이 쳐져 있었으나 그 안의 상황을 알아보기에는 충분했다.

　재상이 뒤쪽 휘장을 힐끔 바라보며 낮게 물었다.

　"폐하께옵서는… 허억!"

　그 순간, 옆구리에서 격통이 일어났다. 재상이 휘청대는 몸을 주체하지 못하고 대공의 어깨를 붙잡았다.

　간신히 옆구리를 내려다보니 예리하게 빛나는 단검이 피를 묻힌 채 꽂혀 있었다. 그 손잡이를 잡고 있는 것은 자신의 뒤를 따르던, 그렇게 믿고 있던 시종장이었다. 시종이 파리한 얼굴로 바들바들 떨며 재상의 눈을 피했다.

　"어, 어찌……."

　"아시지 않소, 재상. 재상과 나 둘 중 한 명이 사라져야 한다는 것을."

　부드럽게 말한 대공이 품속에서 단검을 꺼냈다. 순간 재상은 급히 물러나며 부탑주가 준 마법 무구에 손을 대었다.

　"테, 텔레포트! 큭!"

　그와 동시에 대공의 단검이 또다시 재상의 복부를 찔러왔다. 하지만 이미 마법은 실행되었고, 재상의 발밑에서는 기괴한 모양의 마법진이 빛을 뿜었다.

　재상이 그 자리에서 사라져 버렸다.

　대공이 혀를 찼다.

　"텔레포트라……. 마법 무구였던가?"

대공은 재상이 사라진 곳을 무섭게 노려보았다. 하지만 그
것은 잠깐이었다.

"시종장은 장내를 정리하고 궁 내부 대신을 불러 폐하의
붕어 사실을 알리고 절차를 밟으라 전하게."

"아, 알겠사옵니다."

아직도 정신을 차리지 못한 시종장은 부들부들 떨면서도
대공의 명령을 받들었다. 그리고 대공은 황후에게 몇 마디 말
을 전하고는 밖으로 이동했다.

밖에는 부탑주와 제2황실기사단의 단장이 재상이 나오기
를 기다리고 있었다. 재상이 아닌 대공이 나오자 그들은 의문
섞인 눈동자를 하였지만 이내 허리를 접어 예를 표하였다.

대공은 그 예를 받는 둥 마는 둥하며 문을 지키고 있는 기
사에게 눈짓을 했고, 기사들은 가차없이 검으로 그들의 목을
쳐 내렸다. 제2기사단의 단장의 목이 붉은 피를 뿜어내며 떨
어졌다.

"블링크!"

하지만 부탑주는 대공의 소매 속에 숨겨져 있는 단검을 보
았다. 아니, 단검을 보았다기보다는 흘러내리는 피를 보았다.
위험을 직감하면서 급하게 메모리되어 있던 마법인 블링크를
시전했고, 목숨을 구할 수 있었다.

"잡아!"

"매직 미사일!"

서걱!

블링크와 함께 다가오는 기사들에게 가장 간단한 매직 미사일을 발사했지만 그것이 한계였던가, 그 뒤를 받치고 있던 기사들에게 등을 베이고 피분수를 일으키며 앞으로 고꾸라지는 부탑주였다.

"대, 대공 전하께서 어찌……."

"새삼스럽기는, 어차피 그대도 알고 있지 않은가? 베어라!"

서걱!

간단하게 목을 베어버리는 기사였다. 그러함에도 기사의 표정은 무표정했다. 아무런 감흥조차 느끼지 못한다는 표정이다. 아니, 오히려 고고한 척하는 마법사를 죽여서 시원하다는 듯했다.

"전달하라! 계획을 실행한다!"

"명!"

대공의 명에 기사들의 발걸음이 바빠졌다. 그와 함께 황도에서 무수히 많은 전령이 빠져나갔다. 그들이 어디로 가는지 아는 자는 극히 드물었다.

"공작 각하, 명이 떨어졌습니다."

"움직이도록 하지."

하인츠 구데리안 공작이 황실 근접 호위대장 죠지 후스 백작과 함께 온 호위대 2천과 함께 움직였다. 그들이 목표한 곳은 바로 황실 마탑. 온전히 귀족파의 세력이며 가장 먼저 제거해야 할 대상이었다.

그리고 황실 제1, 3기사단은 국방대신과 재무대신, 외교대신, 행정대신이 있는 숙소로 향했다. 각각의 업무를 보느라 소수의 기사들만 대동하고 황도의 일정 지역에 모여 사는 그들인지라 찾아내기는 쉬웠다.

"어디서 오셨습니까?"

"황실 제1기사단의 부단장인 죠나스 멕클레인이네."

"아, 그러십니까?"

끼이이익!

하인은 저녁 늦게 찾아온 황실 제1기사단의 부단장이 누구인지는 몰랐으나 일단 정중하게 모셨다. 그 뒤로 긴장한 모습을 보이는 여남은 명의 기사들이 따랐다.

"대신께서는 어디 계시느냐?"

"집무실에 계십니다."

"그리로 안내하도록!"

"알겠습니다."

정문 경비는 그러한 그들이 조금은 의심스러웠다. 하지만 경비 주제에 황실기사단을 어찌해볼 능력은 안 되었기에 그냥 멀뚱히 바라보기만 했다. 정문 안쪽에는 그 외에도 몇 명의 기사가 더 있었다.

아마 급히 어디를 가는 모양인데 물어볼 엄두조차 내지 못했다. 안으로 들어간 기사들까지 총 20명은 족히 되어 보였다. 절로 긴장감이 들었다. 기사들 역시 딱딱한 얼굴이다.

"황실 제1기사단의 부단장이신 죠나스 멕클레인 경께서 오셨습니다."

안에서 말이 나오기도 전에 죠나스 멕클레인 경과 그를 따르는 여남은 명의 기사는 재빠르게 집무실 안으로 들어갔다.

"이게 무슨 일인가? 갑자기 자네들이 나를 찾아오다니."

행정대신 이온 일리에스쿠 백작은 무언가 긴장한 얼굴로 그들을 바라보았다. 그리고 문 앞에 있는 하인에게 눈짓을 보냈다. 하인은 바로 알아듣고 문 앞에 있는 줄을 잡아당기려 했다.

"죽여라!"

"무슨… 커헉!"

행정대신이 목을 부여잡았다. 검붉은 피가 부여잡은 손가락 사이를 뚫고 흘러내렸다.

"히익!"

서걱!

그 모습을 보던 하인이 순간적으로 굳어지자 어느새 기사

중 한 명이 하인의 목을 베어버렸다.

"신호를 해라!"

"명!"

한편 황실 마탑으로 향했던 하인츠 구데리안 공작은 의외의 복병에 진출이 잠깐 저지되었다. 어떻게 알았는지 마탑에서 강력하게 저항을 해온 것이다.

하지만 이미 밤늦은 시간이었기에 그 숫자는 얼마 되지 않았다. 또한 남아 있는 마법사들보다 동원된 기사들의 실력이 월등했기에 한두 명 정도의 중상자를 제외하고는 원활하게 마탑을 점거할 수 있었다.

"구데리안 공작, 이게 무슨 짓이오!"

황실 마탑의 마탑주인 리제 마이트너 후작이 노호성을 터뜨렸다. 이미 그의 손에는 시뻘건 화염이 이글거리고 있었다. 6서클에 이르는 황실 마탑의 탑주인 만큼 대단한 실력을 지니고 있었다.

"이미 노선이 달라졌을 때부터 알고 계시지 않았소?"

"허어, 하면 폐하께옵서는?"

"……"

"허허허, 이리될 것을 뻔히 알면서도."

어처구니없다는 듯이 하늘을 바라보며 너털웃음을 터뜨리

는 리제 마이트너 후작이었다. 이럴 줄 알았다 하면서도 막지 못한 자신이 한없이 나약해 보였다.

"하나 쉽지는 않을 것이네."

"쉽게 생각한 적 없소."

"스트랭스, 헤이스트, 실드."

작은 음성으로 강화 마법과 방어 마법을 연속으로 실행하는 리제 마이트너였다. 그것을 알고 있으면서도 그저 오러 블레이드를 일으키며 바라만 보고 있는 하인츠 구데리안 공작이었다.

"기다려 줘서 고맙네."

"마지막 예의라고 알아두시오."

"불에서 태어난 빛나는 빛이여, 나의 손에 모여 그 강렬한 힘을 현신시켜라! 뇌전의 힘! 기가 라이데인!"

쿠구구궁! 콰가가가강!

하늘이 갈라지고 땅이 울렸다. 이미 리제 마이트너는 죽음을 예감했다. 하지만 그렇다고 호락호락 당하고 싶지는 않았다.

자신이 6서클에 올라 가장 최후에 알게 되었던 극강의 마법! 바로 기가 라이데인을 실현시킨 것이다.

쩍이는 뇌전이 하늘에서부터 땅으로 내리깔렸다. 결코 혼자 죽지는 않겠다는 그의 각오였으나 그와 대적하는 이는 소드 마스터였다.

그것도 30년 가까이 제국 최고의 검사라는 호칭을 안고 있는.

구데리안 공작은 엄청나게 굵은 뇌전이 빗발침에도 불구하여 조금도 당황하지 않고 마치 바다를 유영하는 해파리처럼 자유롭게 그 사이사이를 움직여 나갔다.

"매직 미사일! 파이어 볼!"

그 와중에 남은 마나를 쥐어짜 매직 매사일과 파이어 볼을 펼치는 리제 마이트너였다.

"하압!"

하나 하인츠 구데리안은 마치 그럴 줄 알았다는 듯이 쏟아지는 뇌전 속에서도 오러 블레이드로 날아오는 매직 미사일을 여유롭게 쳐 내고 불덩이를 반으로 쪼개 버렸다.

"잘 가게."

빛보다 빠르게 움직이는 하인츠 구데리안 공작. 신체 강화를 한 6서클의 마법사라 하여도 마나가 고갈되어 가는 상태에서 소드 마스터의 검을 피하기란 요원했다.

"라이트!"

상대의 눈을 교란하고 몸을 피할 시간을 벌기 위해 1서클의 마법을 펼치는 리제 마이트너 후작이었다. 하지만 그의 몸은 움직이지 않았다. 어느새 하인츠 구데리안 공작은 자신의 애병을 납검하고 있었다.

벌어진 입을 다물지 못하고 미처 시전되지 못한 라이트 마법이 스르르 사라졌다. 마나의 전달이 끊어진 것이다. 그리고 리제 마이트너 후작의 목에 가는 혈선이 그어졌다.

"마탑을 접수한다!"

"명!"

＊　　　＊　　　＊

"이황자님, 어서 자리를 피하시지요."

"어, 어디로요?"

이제 겨우 열여섯 살인 이황자였다. 나이로 따진다면야 황태자가 가장 어렸으나 본시 심약하고 굳세지 못한 어린 이황자였다. 하지만 그러한 것을 따질 계제가 못 되었던 황실 특무대의 대장 벨로즈 팔머 자작은 이황자를 모시고 급히 자리를 떠났다.

그 뒤를 특무대 기사 20과 병사 1천이 따랐다. 황궁 특무대란 황궁의 특수한 상황을 대비해서 만들어진 부대로 황제 직속이었으나 어느덧 귀족파의 수장인 재상에게 포섭되어 이황자를 보호하는 임무를 띠게 되었다.

어두운 밤, 전원 말을 구비하고 조용하게 황궁 후문을 나섰다. 외성 경비가 완성되기 전에 성문을 열고 득달같이 남부를 향해 내달렸다. 하나 그리 오래가지 못해 발각되었다.

"대장님, 후방에 제1기사단과 외성 치안대 병력입니다!"

"시간이 없다. 이대로 달린다."

"명!"

더욱더 속력을 올리는 황궁 특무대 소속의 기사와 병사였다. 원래는 황자이기에 별도의 팔두마차를 타야 했지만 워낙 창졸간에 일어난 상황이라 의복조차 제대로 챙기지 못하고 부리나케 달아나는 이황자였다.

외성 치안대의 병력 2천과 제1기사단 30명이 부리나케 황궁 특무대의 뒤를 따랐다. 하지만 아직은 늦은 밤. 날이 밝으려면 한참이나 남아 있는 시간에 불빛도 없이 도망치는 황궁 특무대를 추적하기에는 한계가 있었다.

"저쪽이 어느 쪽으로 가는 방향인가?"

"키레네를 거쳐 남부를 관통하는 메스칼로스 강으로 가는 방향입니다."

"지름길은?"

"키레네를 지나 웰로틴 산이 있습니다."

"매복이 가능한가?"

"가능합니다."

"대공께 웰로틴 산으로 간다 전하라."

"명!"

명을 받든 병사가 말 머리를 돌려 황궁으로 향했고, 외성 치안대 병력 1천 5백과 제1기사단 15명은 급히 남동 방향으로 진행했다. 어차피 저들은 급하다. 하기에 웰로틴 산을 넘지 않을 수 없을 것이다.

그래서 병력을 가른 것이었다. 절반은 계속 특무대를 추적하고 절반은 앞질러갈 작정이다.

"적의 일부가 말 머리를 돌렸습니다."

"어느 쪽인가?"

"그것이 너무 어두워 그 방향을 가늠하기 어렵습니다."

"되었다. 최대한 빨리 메스칼로스 강으로 향한다."

"명!"

그 뒤로 추격은 계속 이어졌다.

몇 시간 후, 황자를 이끈 팔머 자작의 병력이 웰로틴 산 초입에 들어섰다.

"저곳이 웰로틴 산입니다. 저곳만 넘으면 바로 메스칼로스 강입니다."

"돌아가는 길은 없나?"

"돌아가자면 시간이 너무 오래 걸립니다."

기사가 낭패한 표정을 지으며 특무대장인 팔머 자작에게 말했다. 하긴 그러했다. 어차피 적은 계속 뒤를 추적해 오고 있다. 느낌상 어떤 몰이를 하는 것 같다는 느낌이 들었으나 지금은 그런 것을 생각할 계제가 못 되었다.

"돌입한다."

"명!"

그들은 마지막일지 모를 곳으로 말을 몰아갔다. 이곳만 건너면 살아날 수 있다는, 아니, 이곳만 건너면 안전하게 황자를 모실 수 있다는 생각에 지친 마음을 달래며 웰로틴 산으로 진입했다.

"워~ 워~"

하나 진입하고 채 20분도 되지 않아서 그들은 정면이 가로막혔다. 최초 황도를 벗어난 지점에서 사라졌던 외성 경비대와 제1기사단이 길을 막고 있었기 때문이다.

"늦었네."

"……."

제1기사단의 단장인 죠나스 맥클레인 자작의 말에 잠시간 할 말을 잃은 팔머 자작이었다. 가문은 어떠할지 모르나 개인적으로 제국 기사 아카데미의 동기이고 꽤나 죽이 잘 맞는 친우였으니 말이다.

"길을… 터줄 수는 없겠나?"

"미안… 하네."

"허허, 그런 게지. 어쩌겠는가?"

그러는 사이 상당한 거리를 벌렸다고 생각하는 추적조가 어느새 특무대 뒤에 나타났다. 잠깐 뒤를 바라본 팔머 자작이 자신의 망토로 감쌌던 물체를 풀었다. 그 안에는 이황자가 어리둥절한 얼굴로 자신을 바라보고 있었다.

"황자 전하, 여기까지인가 봅니다."

황자는 놀라 눈을 동그랗게 떴다. 하나 이내 체념한 듯 고개를 힘없이 끄덕였다. 자신의 죽음이 머지않았음을 황자도 알고 있는 듯했다.

"전원 전투 준비!"

앞뒤로 적을 맞게 된 팔머 자작이다. 앞과 뒤 모두 자신과 동일한 기사와 병사의 수이다. 도저히 이길 가망성이 없음을 알고 있다. 하나, 이리도 허무하게 무너질 수는 없었다.

"전원 돌겨억!"

"돌겨억!"

20의 기사와 1천의 병사는 무기를 꺼내 들고 무모한 돌격일지도 모를, 아니, 이 세상의 마지막일지 모를 돌격을 실행했다. 아쉽다거나 슬프다거나 하는 기색은 없었다. 그저 지금 이 순간 자신이 할 수 있는 최선을 다할 뿐이다.

팔머 자작은 온 힘을 다해 검을 휘둘렀다. 몇 명의 병사를 베고 기사를 베었다. 하지만 적은 끊임없이 몰려들었다.

퍼억!

몸이 휘청거렸다. 옆구리를 보니 마치 손으로 잡아 뜯긴 것처럼 살점이 뭉텅 뜯겨져 나가 있다. 아찔함을 느꼈다.

그그극!

또다시 등이 화끈거렸다. 플레이트 메일이건만 그 플레이트 메일을 뚫고 살점을 베고 뼈를 갈랐다. 등 뒤로 피분수가 일었다. 순간 중심을 잃고 말에서 떨어져 내렸다.

눈이 흐릿했다. 방금 전까지 들려오던 말의 울음소리와 병장기 부딪치는 소리가 들리지 않았다. 웅웅거리는 소리에 눈을 들어보니 멀리서 이황자가 자신을 젖은 눈으로 보고 있는 것이 보였다.

검을 땅을 박고 몸을 일으켜 세우려 했으나 힘이 없었다. 자신을 향해 편히 가라는 듯 고개를 끄덕이는 이황자. 순간, 아주 잠깐 집에 있을 아들 녀석이 겹쳐 보였다. 환하게 웃고 있는 아들과 함께 아내의 모습도 보였다.

서걱!

투욱!

팔머 자작의 목이 마른 바닥에서 먼지를 일으켰다. 그의 몸은 여전히 검을 짚고 있었다. 마치 시간이 느려지는 것처럼 느리게 진행되는 죽음이었다.

황실 제1기사단의 죠나스 맥클레인 자작은 처음부터 끝까지 팔머 자작의 죽음을 지켜보았다. 슬프거나 아프거나 아쉽거나 분노하거나, 그 어떤 감정의 티끌이 그의 눈에서 사라지지 않았다.

*   *   *

제국력 1049년 봄.

웰로틴 산중에서 제국의 일황자로 태어났으나 종내에는 이황자가 되었던 쿠루이드 트리스탄 폰 히르센과 그를 호종하던 황궁 특무대장 벨로즈 팔머 자작, 20명의 기사, 1천 명의 특무대가 전멸했다.

결국 브라이언 카바노크 대공이 정권의 실세를 잡았다. 그동안 전횡을 일삼은 귀족파를 일소하여 제국을 새롭게 하자는 취지를 드높였으나 그것을 곧이곧대로 믿는 이는 아무도 없었다.

그러하기에는 너무나도 흘린 피가 많았다.

국방대신 카를 되니츠 사망, 재무대신 아르만도 칼보 사망, 외무대신 키부 스토이카 사망, 행정대신 이온 일리에스쿠 사망, 황실 마탑주 리제 마이트너 후작 사망, 황실 부마탑주 행방불명, 황실 제2, 4기사단 전원 연금, 황실 내성 경비대장 오더 윙게이트 자작 외 2,400명 사망, 황궁 특무대 대장 1명, 기사 20명, 병사 1천 명 사망, 이황자 사망.

그것은 단 하루 밤 만에 이루어진 황궁의 피바람으로 이루어진 소문이었다. 그리고 다가오는 여명을 기점으로 하여 다시 수백의 전령이 황도를 벗어났고, 황실 마탑 소속 마법사에게는 소환령이 떨어졌다.

하지만 애초에 귀족파였던 황궁 마탑의 마법 병단 3백 명은 복귀하지 않았다. 현재 황궁에 남아 있는 마법사는 2백 명 남짓이다. 죽은 이도 있기는 하지만 마법 병단의 전력은 고스란히 남았다.

황제의 붕어 소식이 제국 전체에 알려졌다. 그와 동시에 재상의 죽음도 알려졌다. 또한 황도에 머무는 국방, 재무, 외무, 행정대신의 사망 소식과 마탑주의 사망 소식까지 전 제국에 알려졌다.

친 귀족파의 파벌을 이루고 있던 남부의 귀족들은 대공파의 반역이라고 하면서, 남부의 변경백으로 있으면서 중앙 정계에는 발을 딛지 않고 있으나 귀족파의 일원으로 남아 있던 소드 마스터 티아고 로드리게스 후작을 중심으로 다시 세력을 형성하였다.

그들의 명분은 명확했다. 황제 폐하를 시해했다는 것이다. 그들에게는 행방불명되었다던 황실 마탑의 부탑주의 생생한 증언이 담긴 크리스털이 있었다.

이에 대공파는 그것은 날조이며 모함이라고 외쳤지만 마

나의 길을 가는 마법사가 마나의 맹세를 한 크리스털은 오히려 그들의 증언을 스스로를 합당화하려는 변명으로 만들어 버렸다.

이에 대공파 역시 가만있지 않았다. 평소 귀족의 작위를 사고팔며 제국을 좀먹게 하는 귀족의 우두머리인 재상이 죽는 것은 당연하다 했고, 그의 수족과 같은 대신들 역시 죽은 것이 당연하다 하였다.

남부 귀족이 스스로 세력을 결성하고 일어서니 대공파를 지지하는 세력인 서부 역시 한 사람을 중심으로 공고한 세력을 형성했다. 그는 다름 아닌 서부의 소드 마스터인 루이스 페르디난트 후작이었다.

카바노크 대공은 머리가 어질어질할 정도로 복잡해졌다. 포섭해야 할 인물과 제거해야 할 인물들이 복잡하게 얽히고 설켜 어디서부터 손을 대야 할지 난감했기 때문이다.

"대공 전하, 클레이튼 에이브라암스 백작이 찾아오셨습니다."

"오~ 그래, 들이시게."

카바노크 대공은 상당히 반가운 목소리로 에이브라암스 백작을 맞았다. 중도이기도 하고 에레보스탄의 난을 진압하는 데 큰 공을 세웠으며, 북부와 중부의 진입로인 크로메스 산에서 일어난 산적의 난을 진압하기도 했다.

무력도 무력이고 백작이라는 대영주의 작위가 있기에 상당히 공을 들였던 중도 중의 한 명이다. 그러한 사람이 직접 찾아왔으니 카바노크 대공이 이리도 반기는 것이다.

"오, 어서 오게, 에이브라암스 백작. 기다리고 있었네. 자, 이리로."

원래 대공은 의심이 많은 자였다. 해서 아무리 가까운 자라 하여도 자신과 5미터 이내에는 사람을 들이지 않는 것으로 유명했다. 그의 5미터 안에 접근할 수 있는 자는 수신호위 한 명 정도가 전부일 것이다.

한데 오늘은 어찌 된 일인지 자신의 지근거리인 바로 옆의 의자에 앉혔다. 지근거리라고 해야 3미터쯤 되는 거리다. 안으로 들일 때 이미 검을 풀어놓고 왔기에, 또한 그 자신이 상급의 기사이기에 3미터의 거리라는 것은 충분하다 생각한 것이다.

"그래, 무슨 일로 찾아왔는가?"

대공의 기대 어린 목소리에 에이브라암스 백작은 웃는 낯으로 말을 받았다.

"혈채를 받기 위해서입니다."

"혈채? 혈채라……. 나에게 말인가?"

"그렇습니다."

"뭣?"

순간이었다. 에이브라암스 백작이 벼락같이 움직였다. 대
공 역시 흠칫했으나 막을 수 있을 것이라 생각했다. 하나 에
이브라암스 백작의 움직임은 이미 대공이 감당할 수 있는 움
직임이 아니었다.

"꺼억!"

대공의 두 손이 자신의 복부를 향해 오는 단검을 잡고 있었
다. 하지만 다 잡지는 못한 듯했다. 그의 복부를 가르고 깊숙
이 폐부를 가로지르는 에이브라암스 백작의 눈을 바라보았
다.

"컥!"

정신을 차렸을 때 항상 자신의 옆을 지키고 있던 수신호위
가 자신의 목을 부여잡았다. 어디서 날아온 창인지 모르겠다.
창날이 수신호위의 목을 관통해 있었다.

기괴한 모양의 창. 길쭉한 창두와 그 창두 바로 아래 50센
티미터 정도로 보이는 초승달 모양의 날카로운 반월 모양의
도까지.

"왜?"

대공의 의문 섞인 물음에 씨익 웃음을 짓는 에이브라암스
백작이었다. 그리고 단검을 잡지 않은 한 손으로 목의 일부를
잡더니 그대로 벗었다. 그러자 피부가 찢어지면서 또 다른 피
부가 나타났다. 목에서부터 머리끝까지 모두 벗었다.

다 벗겨지지 않은, 군데군데 남아 있는 끈적끈적한 무언가를 손으로 떼어내는 에이브라암스 백작. 그리고 제 모양을 잃고 버려진 사람의 인피로 만들어진 가면. 무슨 해괴한 일인가? 지켜보던 대공의 눈이 가늘게 떨렸다.

"서북 대평원의 바이큰족인가?"

바로 알아볼 수 있었다. 날카로운 인상에 귀에서부터 왼쪽 볼 전체를 뒤덮고 있는 기괴한 문양의 문신이다.

"이것을… 노리고 있었던가?"

"300년을 노린 한 수이지. 저물어가는 석양을 완전히 어둠에 빠지게 할."

"내가… 죽일 놈이군."

"그렇지."

"끅!"

촤아아악!

그것이 마지막이었다. 찌른 단검을 더욱 깊이 집어넣더니 검을 뒤집어 위로 그어 올려 버린 에이브라암스 백작이었다. 핏물이 전면으로 뿜어져 나왔다. 그 피를 온몸으로 받아내는 에이브라암스 백작이다.

뚜벅! 뚜벅!

그때 회의실 문을 열고 거대한 덩치의 한 사람이 걸어 들어왔다. 그의 손에는 방금 전 죽인 기사인 듯한 자가 한 손에 질질 끌린 채 들려 있다. 그는 그 시체를 가볍게 바닥에 던져 버리고 에이브라암스 백작에게 고개를 숙여 보였다.

"왔는가, 나의 대전사여!"

대공의 수신호위에 꽂혀 있던 기괴한 창 앞으로 가더니 창을 쭈욱 빼어내는 사내였다. 그 역시 에이브라암스 백작과 다르지 않게 외쪽 뺨에 짙고 기괴한 문신이 있었다.

"대전사 타이타누스 카이탄이 대평원의 족장이신 클레이투스 칼라한님을 뵙습니다."

"크하하하하! 왔구나, 나의 형제여!"

둘은 얼싸안았다. 에이브라암스 백작, 아니, 클레이투스 칼라한의 키도 작지 않건만 타이타누스 카이탄이라는 사내에 비하면 어린아이처럼 느껴졌다.

CHAPTER
08

북부 연합

Knight King

소문이 퍼져 나갔다. 아니, 이것은 소문 정도로 끝날 일이 아니었다. 제국의 황후가 죽었다. 그 황후에게 절대적인 지지를 보내고 현 정국을 주도하던 카바노크 대공 역시 죽었다.

황도에서 대공파의 무력을 담당하던 구데리안 공작은 중과부적으로 황도를 탈출, 그 행방이 묘연했다. 그때 당시 구데리안 공작을 포위했던 적은 무려 1만이었다고 한다.

구데리안 공작과 그를 따르는 200의 기사는 그들에 맞서 용감하게 싸웠으나 중과부적. 혈로를 뚫고 탈출하기는 했으나 그 생사를 가늠하기는 어렵다는 설이다.

또한 대공과 관계된 일족이 모두 죽었다. 다만 살아남은 자는 당금의 황제 베르키스 트리스탄 폰 히르센뿐이다. 히르센 제국의 황제가 서북 대평원을 지배하던 바이큰족에게 사로잡혔다.

황도는 2만이라는 서북 대평원의 바이큰족에게 완전 점령당해 버렸다.

황실 제1, 2, 3, 4기사단 전멸, 황실 마법 병단 200 전멸, 황도 외성치안대 5천 전멸, 내성치안대 3천 전멸.

그때와 같이하여 서북 대평원에서 무려 20만에 이르는 기마병이 짓쳐 내려오고 있었다. 그 빠르기란 기사들의 진격 속도를 두세 배 상회했다. 서북 대평원과 인접한 북부의 영지와 서부의 영지는 그야말로 난리였다.

그들은 성을 점령하지 않았다. 그저 그대로 지나쳤다. 가로막으면 파괴했다. 철저하게 파괴했다. 개미새끼 한 마리 남기지 않았다. 그들의 움직임은 그야말로 폭풍이고 공포였다.

이제 제국은 새로운 적을 맞이하게 되었다. 기존의 적과는 전혀 다른 새로운 적을 말이다. 제국에서 거의 100~200년마다 한 번씩 힘을 과시하기 위해 정벌을 나섰던 그곳으로부터 황도가 점령당해 버렸다.

그들이 서북 대평원을 지나 황도에 도달하기까지 겨우 두 달 반이 걸렸다. 막는 적을 완전히 파괴하고, 산을 관통하고

강을 메우면서 진격한 모든 시간이 바로 한 달 반이라는 경이
로운 시간이다.

그리고 그들이 황도에 도착하자 마치 약속이나 한 듯이 서북
대평원에서 60만에 이르는 대군이 제국을 침탈했다. 45만은 서
부를, 15만은 북부로 진격하며 모든 영지를 초토화시켰다.

서부의 귀족들이 자체적으로 연합을 결성하였다. 그 연합
을 결성한 이는 서부의 검공이라 불리는 루이스 페르디난트
후작이었으며, 그를 따라 일어난 35만의 병력이었다.

그들은 루이스 페르디난트 후작의 지휘하에 거칠 것 없이
진격해 오는 서북 대평원의 바이큰족의 45만 대군에 대항하
기 시작했다. 본보기로 삼았던 이들에게 침탈을 당하고 있는
제국의 서부였다.

60만 대군이 제국의 서부와 북부를 침탈하고 20만의 정병
이 황도에 도착하자 원래의 이름을 되찾은 클레이투스 칼라
한은 스스로 섭정공의 자리에 올랐다.

말이 섭정공이지 현 황제는 인질이나 다름없었다. 현 황제
의 나이 겨우 12세. 정사를 볼 수 없다는 이유를 들어 황제의
모든 것을 자신이 결정을 내리는 황제 위의 황제.

그가 섭정공에 올라 가장 먼저 외친 일갈이 있었다.

"오라! 제국의 개들이여! 그대들의 황도에서 그대들을 맞
이하마!"

이것은 치욕이었다. 귀족파니 대공파니를 떠나 천 년을 지켜온 제국의 수치였다. 그것은 모든 제국민의 생각일 것이다. 제국의 위정자들이 변하든 변하지 않든, 영주가 변하든 변하지 않든 전혀 상관하지 않던 제국민조차도 치욕으로 생각하게 되었다.

황도는 지옥으로 변했다. 22만의 바이큰족이 점령한 황도. 그들은 온갖 약탈을 일삼았다. 시체가 산을 이루고 피가 강을 이뤘다. 그들은 그동안 자신들이 당했던 그대로를 제국에 돌려주고 있었다.

이에 제국의 귀족들이 일어났다. 또다시 제국에 피의 바람이 불기 시작했다. 남부의 검황이라 불리는 티아고 로드리게스 후작과 30만의 귀족군이, 동부의 수호자인 알렉산도르 밀리예프 후작과 35만의 동부군이 일어섰다.

서부와 북부는 황도를 점령한 바이큰족을 징치할 힘이 없었다. 당장 코앞에 닥친 60만 대군이 문제였기 때문이다. 그나마 서부는 많은 귀족이 있어 45만의 바이큰족의 대군을 막아내었다. 서부의 3분의 1을 점령당한 후에 말이다.

하나 북부는 달랐다. 척박하기도 하지만 상당한 기간 동안 중앙의 견제를 받으며 사분오열되었기에 연합이라든가 걸출한 영웅이 없었다.

이에 북부의 절반이 겨우 15만이라는 바이큰족에게 점령당했다. 그중 절반 이상의 귀족이 그들에게 투항했다. 견제와 질시를 받느니 차라리 바이콘족에게 흡수되겠다는 뜻이었을 것이다.

*　　　*　　　*

"테레지아 남작 측에서 구원병을 요청했습니다."

"준비 기간은?"

"이미 준비하고 있었기에 7일 이내 출진할 수 있습니다."

"전령에게 전하도록."

"명!"

북부의 베르누크 아이젠이 일어섰다. 그를 따르는 병력의 숫자는 어마어마했다. 농민군 반란을 잠재우러 떠났던 때와는 비교가 되지 않았다.

이 어마어마한 숫자의 이유는 이러했다.

자작의 작위였으나 그의 영지는 이미 백작의 영지보다 컸다. 포타이아 평원이 개발되었고, 메이플라이 산과 인접한 옐로우 스톤 지역이 개발되었다.

그 두 지역이 얼마나 큰지 상상하기는 상당히 어렵다. 21세기 대한민국의 예를 들자면 원래의 아이젠 남작가의 크기는 광주광역시만 하다. 그리고 포타이아 평원과 옐로우 스톤 지역이 포함된 영지의 크기는 경상북도와 강원도를 포함한 크기다.

얼마나 큰지 이해가 갈 것이다. 끝에서 끝까지 가는 데는 말도 헐떡일 거리라는 것이다.

인구는 이제 240만을 상회하고 있었다. 어찌 겨우 4년 전만 해도 10만도 채 되지 않은 인구가 240만이나 되었느냐고 하면, 나이트 킹이라는 명성 덕분이라고 할 수 있을 것이다.

또한 같이 에레보스탄의 난을 진압한 용병들의 입소문 때문이기도 했다. 4년이면 소문이 제국을 백 바퀴는 돌고도 남을 것이다. 급작스럽게 폭증한 인구에 의해 약간의 혼란은 있었지만 말 그대로 약간의 혼란이었다.

이리될 것이라는 것을 이미 어느 정도 예견하고 있던 베르누크와 그의 참모들 덕택에 그들이 정착하고도 남을 충분한 영지와 주택을 꾸준히 건설하고 개척하고 있었기 때문이다.

인구가 폭증하자 자연히 군사력 역시 급증하였다. 아니, 오히려 군사력이 비정상적으로 증가하였다. 자그마치 병력이 20만이나 되었다. 놀랄 것이다. 인구 240만에 20만이 병력이라니.

궁기병 1만 5천, 경기병 2만, 마법사 100명씩 다섯 병단, 기사 100명씩 다섯 개 기사단이었다. 궁기병과 경기병, 그리고 마법 병단은 직업 병사였다. 기간 5년의 병역의 의무를 지고 있는 병사는 16만 5천 명.

그중 경비대 5만, 치안대 3만이 있었다. 치안대와 경비대를 제외하고라도 8만 5천의 실제 투사 전력이 남는다. 마법 병단에 포함된 마법사는 전부 2서클 이상의 마법사였고, 기사단에 포함된 모든 기사는 익스퍼트 초급 이상이다.

한마디로 나서면 무적이라는 말이다. 기실 병력이 이렇게 증가된 데에는 피치 못할 사정이 있었다. 바로 용병들의 합류 덕택이었다. 배운 게 도둑질이라고 그들이 영지민으로서 안착할 수 있는 것은 역시 군부였다. 덕분에 병사와 기사의 수가 대폭 증가할 수 있었다.

마법사는 역시 아카데미의 역할이 컸다. 아카데미는 마법뿐만 아니라 영지 재정에 상당한 영향을 주었다.

행정적인 역할에 영향을 준다는 것은 당연한 말이지만 재정적인 곳까지 영향을 준다는 말은 이상하게 들릴지 모르지만 바로 아카데미의 교육에 의해 머리가 깨인 영지민에게는 무수한 발명품이 들어 있었다.

농사법도 그러하고 특산물의 소출도 그러하며, 비누의 생산과 광산의 개발까지도 말이다. 그것도 철광산과 함께 금 광산이니 그 효과는 대단하다 할 것이다. 이러한 난리통에 말이다.

그렇게 해서 베르누크가 세 개 기사단 3백 명과 세 개 마법 병단 3백 명, 경기병 2만과 궁기병 1만 5천, 그리고 보병 5만을 이끌고 일어섰다.

구원을 요청한 테레지아 남작을 돕기 위해.

베르누크가 테레지아 남작을 돕기 위해 일어섬에 작위가 복권된 롬멜 백작이 기사 1백 명, 경기병 2천과 보병 3만으로 합류하였으며, 아드리안 남작 역시 기사 50명과 경기병 1천, 보병 1만으로 합류하였다.

총 12만 8천의 병력과 기사 450명, 마법사 300명에 이르는 대규모 구원군이었다. 마리아 테레지아 남작의 영지는 베르누크의 영지와는 약 420킬로미터 정도 떨어져 있다.

북부 지역이 평야가 아닌 산악 지형이 다수라 실제 거리는 두 배의 차이가 난다고 보면 840킬로미터겠으나, 그것은 산술적인 것이고 실제는 700킬로미터 정도일 것이다.

보병의 행군 속도인 시간당 4킬로미터로 열 시간 행군을 따지자면 17일 반나절이 소요되는 거리다. 하지만 급속 행군을 한다면 시간당 6~8킬로미터, 열 시간의 행군을 따지자면 8일에서 11일 걸리는 거리다.

말인즉슨 마리아 테레지아 남작이 최소 8일을 버텨주어야 구원이 가능하다는 말이다. 구원을 요청한다는 것은 이미 전투가 시작되었다는 것을 의미한다. 최소 전령을 보낸 날에 전투가 시작되었을 가능성이 높다.

그렇다면 전령이 마필 세 마리를 돌려가며 전속으로 달려왔을 경우 삼 일의 거리이니 적어도 삼 일 전에 전투가 시작되었을 것이고, 출진하기까지 7일에 도착하기까지 8일이면 적어도 18일이 소요된다.

그때까지 테레지아 남작이 버텨야 한다는 것을 의미했다. 또 한편으로 생각하면 그것이 가능하기에 전령을 그 일자에 보냈을 것이다. 그 정도도 숙고하지 못한다면 영주로서의 자격이 없음이다.

하지만 적의 군세는 이미 제국에 발을 디딜 때 15만이라는 숫자를 훨씬 상회하여 무려 23만이라는 군세에 이르고 있었다. 흡수한 귀족 세력의 8만이나 된다는 것이다.

거기에 그들은 평원 부족답게 전원이 기마병이었다. 물론 그들 중에는 보병도 포함되어 있다. 바이큰족은 예전부터 기동성을 극대화하기 위하여 보병용 수레가 있었다.

또한 그들은 그 수레에 공성용 병기의 부품을 나누어 싣는다 했다. 어떻게 나누는지는 모르겠으나 보병들은 그러한 공성용 병기의 조립에 아주 능하여 기마병 중심임에도 불구하고 공성전을 수월하게 치러냈다.

거기에 늘어난 8만의 병력도 역시 경기병이나 중기병일 확률이 높다. 자신들의 장점이 무엇인지 충분히 알고 있을 터이니 말이다.

테레지아 남작의 병력은 건장한 영지민을 모두 동원한다 해도 대략 5만 정도일 것이다. 베르누크는 행군 도중 결단을 내려야만 했다. 하루이틀 시간이 당겨지기는 했으나 여전히 불안했다. 구원군을 보내겠다고 군사를 일으켰으니 반드시 지켜져야만 한다.

하지만 18일이라는 기간 동안 과연 그들이 견뎌낼 수 있느냐는 전제에 대하여 막아내기가 힘들다는 것이 군사부가 분석했다. 도와주려면 확실하게 도와주는 것이 좋다. 어영부영 도움을 주는 것은 오히려 독이 될 수 있었다.

"3기사단과 3마법 병단이 보병을 인솔한다. 인솔은 3기사단장인 애드워드 타이슨 경이 맡는다. 그 보좌는 3마법 병단의 병단장인 카를로스 그리언 경이다. 후속군 총사령은 애버튼 아드리안 남작으로 한다."

"명!"

베르누크는 궁기병과 경기병, 그리고 기사와 마법 병력만 우선 빠르게 이동할 요량이었다. 하루 최대 200킬로미터까지 이동 가능한 말이다. 조금 무리하면 이틀이면 도달할 수 있다.

베르누크가 선두에 서고 제이와 데이브가 호위를 섰다. 그 뒤를 에르빈 롬멜 백작과 기사단장 및 마법 병단장들이 서고, 이어 기사단과 마법 병단이, 경기병과 궁기병이 섰다.

그들은 내달렸다. 원군 요청을 수락한 이상 한시도 빨리 도착하는 것이 문제이다. 아마 도착할 때쯤 적과 전투를 벌일 수도 있을 것이다. 잘만 하면 그전에 도착하겠지만 말이다.

"어떻게 되었나?"

"요격은 성공했습니다."

"하루 정도의 시간을 벌었군."

"그렇습니다."

한 명의 여인이 성루에 오연히 서서 성 밖을 내려다보고 있었다. 어스름하게 밝아오는 붉은 태양. 밝은 오렌지색이라고 해야 할까? 주변을 온통 밝히며 떠오르고 있다.

그 태양을 정면으로 바라보고 있는 여인. 풀 플레이트 메일을 입었으며 등 뒤로는 검붉은 망토가 휘날리고 있다. 특이한 것은 그녀의 얼굴 좌 상단에서 우 하단으로 이어지는 날카로운 검상이었다.

그녀는 불현듯 그 날카로운 검상을 어루만졌다. 아직도 끔찍하게 기억하고 있는 검상의 흔적. 검상을 어루만지는 투박한 손이 떨렸다. 귀족가의 여인네와는 전혀 다른 투박하기 이를 데 없는 손이다.

손가락 마디마디가 툭툭 붉어져 있으며 손 안쪽의 마디에는 굳은살이 노랗게 박혀 있다. 손만 봤을 때는 분명 남정네의 손이라고 할 만했다.

그녀의 시선의 향하는 곳은 작센 성과 비슷하지만 약간 낮은 토산이었다.

그것도 한두 곳이, 아니, 무려 세 곳이 동시에 지어지고 있었다. 아마도 저들은 작센 성의 높이보다 더 높게 토산을 쌓을 것이다. 그것을 저해하기 위해 몇 날을 요격을 했지만 여전히 토산은 점점 높아지고 있었다.

"오라! 하나 너희가 날 죽이지 않은 한 이 땅을 한 치도 들어올 수 없음이다."

그녀는 나직이 되뇌며 살기 어린 눈빛으로 터오는 태양을 바라보았다. 태양보다 더 밝고 진한 눈빛이었다.

*   *   *

콰앙!

"이런 젠장!"

바이큰족의 북부 점령 사령관 불레타누스 크리커는 지휘관용 책상을 주먹으로 거세게 내려치며 분노하고 있었다. 적들의 기습 공격에 벌써 2만이라는 사망자가 발생한 것이다.

북부로 접어들어서 한 번도 패한 적 없는 자신이다. 또한 항상 공격을 하는 입장이었지 공격당하는 입장은 아니었다. 그러하니 가슴에서 천불이 날 것 같았다.

먹을 것도 없는 북부를 점령하라는 명을 받았을 땐 분명 분통을 터뜨렸다. 그런데 갈수록 먹을 게 많아졌다. 바로 몬스터의 가죽과 함께 얻은 마정석 때문이었다.

거의 대부분이 기마병인 자신들에게 플레이트 메일이 맞지 않는다. 그렇다고 해서 방어력을 무시할 수는 없다. 때문에 질 좋은 몬스터의 가죽은 기마병에게 딱 맞는 방어구라고 할 수 있었다.

그리고 마정석은 전사를 키우는 데 필수불가결한 물건이다. 억지로라도 마나를 느끼게 해서 익스퍼트에 올려놓으면 그때부터는 알아서 성장하니 당연히 필수불가결한 물건이라고 할 것이다.

그는 신나게 북부를 점령해 나갔다.

처음엔 순조로웠다. 북부의 귀족들은 알아서 항복했다. 평원이 아닌 지역이기는 했지만 별다른 전투 없이 귀족들이 항복해 오니 오히려 싱거운 느낌마저 들었다.

하지만 며칠 전부터 상당히 신경 쓰이는 일이 발생했다. 바로 산악 지형을 이용한 레인저들이었다. 그냥 레인저라면 상관없겠지만 기사가 딸려 있는 레인저였다.

치고 빠지고 치고 빠지고, 밤에 기습은 기본이고 어떤 때는 새벽녘에 기습을 해왔다. 또 어떤 때는 은밀히 침투해 식수에 독을 타 복통이나 설사에 시달리게 했다.

그것만 있으면 상관없다. 어차피 몇 배가 차이나는 군세를 뒤집을 수는 없으니 말이다. 가장 귀찮은 것은 먹을 것이 없다는 것이었다.

바로 청야 전술에 기만당한 것이다.

이 영지에 들어서기 직전에 피를 흘리는 치열한 전투가 있었다.

결국 전멸시켰지만 상당히 피로해진 점령군이었다. 그런데 먹을 것이 하나도 없었다. 집은 모두 파괴되고 우물물은 모두 메워졌다. 씨알 한 톨 없었다. 아무것도 없다는 것은 바로 이런 것을 두고 하는 말일 것이다.

그래도 전진했다. 보급도 여전히 문제가 없고 군세는 크게 줄지 않았으니 말이다. 겨우 2만 정도 줄었다고 티 나는 것도 아니니 말이다. 그래도 평원의 기마병은 다친 이가 없었다. 그러면 된 것이다.

하지만 짜증나는 것은 어쩔 수 없었다. 해서 이렇게 불같이 화를 내는 것이다.

오늘 새벽녘에도 한 차례 기습을 받았다. 이렇게 한 차례 새벽녘에 기습을 받고 나면 하루빨리 쌓아야 할 토산의 일정이 많으면 한나절, 적으면 반나절은 늦어지기 때문이다.

토산의 건설이 늦어지면 늦어질수록 공성전은 늦어질 것이다. 이미 보병이 분해하여 소지 중이던 공성탑과 공성추는 완성이 되었다.

또한 공성탑에서 성벽으로 대어질 운제까지 모두 완료되었건만 토산의 건설이 지지부진해 공격을 못하고 밤이나 이렇게 새벽녘에 공격을 당하여 일부가 깎이거나 시설의 일부가 망가지고 있다.

"진정하십시오."

"지금 진정하게 생겼나?"

"아직 원정을 완료하기에는 많은 시간이 남았습니다. 이 난관 역시 그중 하나일 뿐입니다."

"끄음."

점령군 군사인 미스트로스 세아론의 말에 앓는 소리를 내는 점령군 사령관이었다. 맞는 말이긴 하지만 왠지 모르게 마음이 불편했다. 시원하게 싸워보지도 못하고 이렇게 행군도 느려지며 전투력의 손실을 입으니 당연했다.

"아무래도 이번 전투는 상당히 신중을 기해야 할 것 같습니다."

"흠? 신중을 기한다?"

군사인 세아론이 딱딱하기는 하지만 결코 흰소리를 할 사람은 아니다. 그러한 그가 신중을 기해야 한다고 하자 호기심을 느낀 점령군 사령관이다.

"론다인 성을 지나 이곳까지 오는 동안 적들의 기습에 대략 2만의 병력을 잃었습니다. 물론 아직 우리가 이곳의 지리를 정확하게 알지 못해서 오는 단점을 저들은 완벽하게 파악하고 있기 때문이기도 합니다."

"하지만 우리는 결국 작센 성에 도착했고, 공성탑과 공성추, 그리고 아직 완성은 안 되었지만 저렇게 토산을 건설하고 있지."

"그러함에도 불구하고 작센 성의 영주는 움츠러들지 않고 일정한 시간도 없이 기습과 야습으로 건설을 충실히 저지해 오고 있습니다."

"문제는 어딘가에 저들의 성과 통하는 비밀 통로가 있을 것인데 그것을 찾지 못했다는 것이고, 토산은 하루 이틀이면 완성이 된다는 것이지."

"하지만 문제는 토산이 완성되어 공성전에 돌입한다 해서 피해 없이 저들을 제압할 수 있느냐 하는 것입니다. 아마도 상당한 전력의 손실을 감안해야 할 것입니다."

"군사의 말이 맞긴 하지. 하지만 이것은 엄연히 전쟁이지. 제국 놈들이 즐기는 체스가 아니라고. 그렇다는 결국 희생이 따르게 마련이고, 그 희생에 승리를 쟁취하는 것이지. 또한 이곳에서 많은 피해를 입는다고 하더라도 다른 성에서 충원하면 돼. 그리고 성을 점령하는 데 선봉은 바이큰족이 아닌 투항한 귀족들이 되겠지. 그놈들, 어떻게 해서든지 내 눈에 띄기를 바라고 있으니 말이다."

"현명하신 방법입니다."

"나는 전사이기 전에 일군을 이끄는 장수다."

군사의 말에 만족한 듯 웃음을 짓는 크리커 사령관이었다. 하지만 그것은 군사의 비상한 머리에서 나온 계책일 뿐이다.

크리커 사령관은 자존심이 강하다.

북부에는 거칠 것이 없다 생각했다. 수집된 정보에 의하면 아이젠 자작이 나이트 킹이라는 호칭까지 붙었으며 상당히 영향력을 행사하고 있기는 하지만 조심하면 될 상대였다.

그런데 의외의 곳에서 이름도 별 볼 일 없는 남작 나부랭이에게 저지를 당하고 있으니 자존심에 상처를 입고 폭급한 성격이 나오자 군사가 스스로 숙이며 그를 달랜 것이다.

그리고 그 작전은 성공했다.

*   *   *

"화살을 쏴라!"

"숨지 말고 화살을 쏘란 말이다. 트리뷰셋은 뭐하고 있나!"

성루에서는 연신 악다구니가 쏟아져 나왔다. 사방이 적이다. 벌써 몇 번의 공방전을 벌이고 있는지 모른다. 적이 쌓아 놓은 토산에서는 쉴 새 없이 화살이 쏟아져 들어왔다.

무려 20대에 해당하는 공성탑에서는 화살을 쏘면서 다가오고 있었다. 토산에서 쏘아지는 화살에 성루에서는 제대로 얼굴조차 들이밀 수 없었음에 육중한 소리를 내며 점점 성루로 향하는 공성탑이었다.

콰직!

"위, 위험하다. 타, 탑이 무너진다!"

성으로 향하는 공성탑 중 몇 개는 성루에서 쏘아올린 바윗덩어리에 맞으며 부서져 내리고 있었다. 하나 그것은 극히 일부분일 뿐이었다. 그 와중에도 적은 착실하게 성 쪽으로 접근하고 있었다.

쿵! 쿠웅!

갑자기 성을 쌓아 올린 돌이 울렸다. 처음엔 미약했으나 점점 그 진동이 커지고 있었다. 테레지아 남작의 눈이 성문으로 향했다. 어느새 접근했는지 성문 쪽에는 공성추가 연신 성문을 두드리고 있었다.

"성문! 성문이 위험하다!"

"제가 가겠습니다."

"믿겠다."

그녀의 눈은 성 앞을 새까맣게 점령하고 있는 바이큰족에게 향해 있었다. 공성탑이 무려 17기고 성루보다 높은 토산이 두 개다. 적의 군세가 많이 줄었다고는 하지만 아직도 성의 군세보다 열 배 이상이다.

"하아! 여기가 끝인 것인가?"

상황은 점점 절망으로 치닫고 있었다. 성문이 뚫리기 일보 직전이고 성루에 적이 올라오지는 않았지만 적의 화살비 속에서 제대로 된 대응을 하지 못하는 동안 수많은 적을 실은 공성탑은 성루의 지근거리까지 접근하고 있었다.

지원군을 보내준다던 아이젠 자작군은 아직 오지 않고 있다. 오지 않을 수도 있다는 것을 모르지 않는 테레지아 남작이다. 귀족이라는 것이 본시 그러한 것이니까 말이다.

원망은 하지 않는다. 아이젠 자작과 조그마한 인연의 끈이라도 있으면 그것을 가지고 무언가 해보기라도 하겠지만 전혀 인연이 없는 상황에서 저리도 광포한 바이큰족을 상대로 섣불리 상대하겠다고 지원군을 보내줄 리 만무하니까 말이다.

또한 지원군이 와도 문제다. 지원을 보내주었으면 무언가를 원해서 올 것인데 줄 것이 아무것도 없다. 암담한 심정으로 성 밖을 바라보았다. 이미 주변은 아비규환이다. 서서히 공성탑에서 사다리가 내려오고 운제가 내려왔다.

토산에서는 여전히 화살이 쏟아지고 있었고, 성벽 밑에서는 적들이 성벽을 쪼아 허물고 있었다. 성문을 막아내기도 힘들 듯싶었다.

"와아아!"

상념에 젖어 있을 때 성루의 한쪽 편에서 함성이 일었다. 바로 바이큰족이 성루에 오른 것이다. 테레지아 남작은 검을 뽑아 들었다. 레이피어도 아닌 바스타드 소드였다.

"막아라!"

키리리릭!

테레지아 남작의 바스타드 소드가 움직였다. 그녀의 검에는 우윳빛의 선명한 오러 얀이 펼쳐져 있었다. 그녀가 휘두르는 검의 궤적에 따라 피분수가 따라 움직였다.

보보마다 피가 튀고 살이 잘려 나갔다. 비명 소리가 난무했다. 이제는 완전히 사방이 적이다. 성문이 뚫렸다. 순간 성문으로 간 칼슨 단장이 걱정되었다. 하나 이내 피식 웃어버리고는 바스타드 소드를 휘둘렀다.

"후욱!"

깊게 숨을 들이쉬고 무겁게 내뱉었다. 흐릿했던 감각이 다시 뜨거운 피와 함께 되살아났다. 비명을 지른 병사와 죽어라 연신 외치며 악에 받쳐 적들에게 달려드는 영지민과 병사들이 보였다.

테레지아 남작은 다시 바스타드 소드의 그립을 굳건히 잡았다. 아직 힘이 남아 있다. 마나가 고갈되려면 아직 백만 년은 이르다.

"하아앗!"

그녀는 긴 기합 소리와 함께 진홍빛으로 물들어 버린 망토와 함께 적들의 수장쯤으로 보이는 자를 향해 빠르게 움직였다. 적 또한 자신을 알아보았다. 그리고는 날카롭게 뻗은 송곳니를 드러내며 웃었다.

콰아아아!

공간이 울부짖었다. 이미 둘의 싸움에는 적아가 없었다. 오직 둘만이 존재했다. 바스타드 소드와 바이큰족 특유의 만월도가 정신없이 부딪쳤고, 마나가 정신없이 날뛰었다.

근처에 가기만 해도 그 마나에 살이 베일 것 같았다. 둘은 쉴 새 없이 검과 칼을 부딪쳤고, 검과 칼이 부딪칠 때마다 살을 엘 듯한 마나의 파장이 느껴졌다. 성루의 돌이 파여 나갔다.

"크크크. 훌륭하다만 이만 끝을 내야겠다."

북부 점령군 최고의 전사 라이타누스 크렉커는 마치 잘 가지고 놀았다는 듯이 만족한 웃음을 흘렸다. 설마 이런 궁벽한 곳에서 자신을 대적할 만한 자를 만날지는 몰랐다는 표정이다.

"나를 즐겁게 했던 만큼 고이 보내주지."

갑작스럽게 라이타누스 크렉커의 만월도가 세 배는 커져 보이며 낮고 짧은 진동음을 내었다. 테레지아 남작은 입술을 깨물었다. 해볼 만하다 생각했는데 아니었다. 그래도 최선을 다할 생각에 칼을 강하게 쥐었다.

테레지아 남작이 먼저 움직였다. 최선을 다한 그녀의 움직임은 일순간이나마 오러 리저넌스를 펼치는 라이타누스 크렉커의 눈을 속일 수 있었다.

하지만 라이타누스 크렉커는 노련했다.

감각을 열고 거침없이 다가오는 그녀의 검을 만월도로 흘리고는 아래에서 위로 만월도로 그어 올렸다.

테레지아 남작은 재빨리 검을 회수해 하단부의 만월도를 막아내었다. 하지만 공격은 그것으로 끝나지 않았다. 마치 그럴 줄 알았다는 듯이 튕겨 나온 만월도를 그대로 한 바퀴 회전하며 위에서 아래로 그어 내렸다.

눈부실 정도로 빠른 공격이다. 그에 반해 테레지아 남작은 느렸다. 바스타트 소드가 미력한 힘을 보충해 주기는 해도 대신 속도가 달렸다. 하지만 이번에도 막아내었다.

바스타드 소드를 기울여 그어져 내린 만월도를 흘렸다. 바스타드 소드로 빠르게 이어지는 자신의 공격을 막아낸다는 것에 놀라움과 감탄이 섞인 눈빛을 내던 크렉커는 이내 또다시 연계 동작을 행했다.

만월도를 흘려 내리고 채 자세도 잡기 전에 크렉커의 만월도가 테레지아 남작의 복부를 훑고 지나갔다.

그그극! 촤학!

"꺼억!"

차앙!

단말마와 함께 테레지아 남작이 복부를 잡음과 동시에 바스타드 소드를 놓쳤다. 풀 플레이트 메일이 쩌억 갈라져 있었다. 그 틈을 비집고 검붉은 피가 꾸역꾸역 밀려 나왔다.

"비록 적이지만 훌륭했소. 그럼!"

테레지아 남작은 눈을 감아버렸다. 체념의 감정이라고 할 것이다. 최선을 다했으면 되었다고 생각했다.

하지만 아직도 들려오는 영지민의 비명과 병사들의 비명이 가슴을 후벼내고 있다.

그런데 한참의 시간이 흘렀어도 만월도가 목을 흩어내는 느낌이 들지 않았다. 이상한 느낌이 들어 테레지아 남작은 살짝 눈을 떴다.

그녀의 눈에는 무섭게 눈을 부라리며 자신을 향히 만월도를 내려치려는 크렉커라는 전사가 보였다.

스르르르!

투욱!

순간 그러한 전사의 목에 한줄기 혈선이 그어지더 스르르 무너져 내렸다. 그 뒤에는 그보다 머리 두 개만큼이 나 큰 사내가 할버드를 쥐고 마치 투천사인 양 서 있었다.

"조금 늦었소!"

굵직한 음성과 함께 두툼한 손이 내밀어졌다. 바로 베르누크였다.

순간 테레지아 남작의 눈에 뿌연 습막이 번졌고, 그와 함께 자세 그대로 기절해 버렸다.

다행이라는 생각과 함께 밀려오는 체력적인 한계 때문이었다.

"데이브, 남작을 지켜라!"

"명!"

"제이, 준비됐지?"

"웅. 준비는 한참 전에 끝났다."

"그래. 제레미 아저씨, 큰 거 한 방 부탁해요."

베르누크의 말에 제레미 웹 경이 고개를 끄덕였다. 그러자 그의 뒤에 정렬해 있던 마법사 중 100여 명이 마법 스펠을 영창했다. 절반 정도는 저서클의 마법을, 절반 정도는 4서클의 마법이 영창했다.

"하늘과 대지를 잇는 자여! 격렬하게 모여 폭발하는 물이여! 나의 손에 모여 그 생명의 힘을 폭발시켜라! 생명의 폭발! 워터 밤(Water Bomb)!"

"하늘과 대지를 잇는 자여! 작은 힘을 모아 힘을 내는 물이여! 나의 손에 모여 그 모아진 힘을 현신시켜라! 물의 힘! 아쿠아 볼(Aqua Ball)!"

물의 마법이 펼쳐졌다. 자그마치 100명에 이르는 마법사에 의해서 말이다.

작게는 2서클의 마법이, 크게는 4서클의 마법이 펼쳐졌다. 1서클의 마법도 있었다.

드넓게 퍼져 있던 바이큰족은 갑작스러운 물세례에 어안이 벙벙했다.

하지만 뒤이어지는 100명의 마법사의 공격에 이제는 작센성 앞은 그야말로 생지옥을 연상시키고 있었다. 물과 가장 궁합이 잘 맞는 전격계 마법의 실현이었다.

"불에서 태어난 빛나는 빛이여! 창공을 가로질러 대지에 그 힘을 소생시킬지니 전격의 힘이여! 나의 손에 흩이 되어라! 빛나는 힘! 체인 라이트닝(Chain Lightning)!"

"불에서 태어난 빛나는 빛이여! 나의 손에 모여 힘이 되어라! 연속되는 힘! 라이데인(Lighthein)!"

"크아아악!"

"사, 살……!"

지지지직!

수만의 바이큰족이 전격계 마법에 타들어갔다. 물의 마법에 이은 시기적절한 전격계 마법. 그것은 그 마법의 효과를 극대화시키고도 남았다. 하나 아직 마법이 끝난 것은 아니었다.

"생명의 근원인 대지의 흙이여! 몰아치는 힘으로 한데 모여 그 힘을 생성시키리라! 대지의 힘! 록 캐논(Rock Cannon)!"

그것이 시작이었다. 사방에서 화살의 비가 쏟아지기 시작했고, 광역 마법이 대인 마법으로 바뀌었으며, 성벽이 존재하는 곳을 제외한 삼면에서 경기병이 쏟아져 나왔다.

"하아압!"

베르누크와 제이는 5미터 남짓의 성벽에서 그대로 뛰어내렸다. 베르누크의 할버드에는 이미 선명한 오러 블레이드가 아로새겨져 할버드가 5미터나 되어 보였다.

'부탁한다. 노움!'

그리고 뛰어내림과 동시에 할버드를 위에서 아래로 그어 내렸다.

후와아앙!

기괴한 소리를 내며 할버드에 아로새겨졌던 오러 블레이드가 할버드를 떠났다. 마치 무엇에 의해 쏘아지듯이 말이다. 초승달 모양으로 휘어져 그의 앞을 일직선으로 가르며 나아 갔다.

쿠와아앙!

쿠르르르!

거대한 토산이 반으로 갈라졌다. 단순히 반으로 갈라지기만 한 것이 아니었다. 사방으로 흙과 돌이 튀어 올랐고, 마치 거대 한 분화구를 형성하듯 토산을 중심으로 충격파가 발생했다.

"으아아악!"

"사, 살려……!"

아비규환! 그 하나로 모든 것을 설명할 수 있었다. 장장 6미 터 이상을 쌓아올린 토산이다. 한꺼번에 1만의 병력이 올라

화살을 쏘아낼 그런 토산이다. 한데 단 한 사람에 의해 그 토산이 무너져 내리고 있었다.

그리고 또 하나의 토산이 무너져 내렸다. 아니, 폭발했다고 해야 할 것이다.

그것은 거대한 쇠몽둥이에 의해 폭발하듯 터져 나가더니 주변을 광풍처럼 휘몰아 사람이든 말이든 상관없이 피떡이 되어버렸다.

"저, 저, 저……."

중군에서 호위전사들의 호위를 받으며 이제 곧 함락될 성을 무표정하게 바라보던 북부 점령 사령관 불레타누스 크리커가 자리에서 벌떡 일어나 손가락으로 베르누크와 제이의 만행을 바라보며 말을 잇지 못하고 있었다.

"후, 후방에 저, 적 기병입니다. 1만이 넘습니다."

"무, 무어라?"

"좌측에 적 궁기병이 출현했습니다. 대략 1만을 넘을 듯합니다."

"무, 무슨……."

"장군, 진정하십시오. 침착하게 대응하면 됩니다. 겨우 2만입니다."

"끄, 끄응!"

군사인 미스트로스 세이론의 일갈에 자신의 추태를 깨달

은 불레타누스 크리커는 앓는 소리를 내며 자리에 털썩 주저 앉았다. 토산을 둘로 쪼개 버리는 비현실적인 상황에 어떠한 생각조차 가질 수 없었다.

"장군! 명을!"

"전면은 직접 간다. 후위는 삼전사가, 좌측은 이전사가 막는다."

"명!"

"가자!"

불레타누스 크리커는 자신의 애병인 만월도를 꽉 움켜쥐었다. 마치 생사대적을 만난 듯했다. 잠깐의 놀람 속에서 일어나는 적에 대한 호승심이 그의 얼굴에 잔인한 웃음을 떠오르게 했다.

처음과는 다르게 완전히 정신을 차린 모습이었다. 불레타누스 크리커를 따른 200의 호위가 거대한 체구를 한 두 명에게 거침없이 다가갔다. 이미 그들의 앞을 막을 자들은 없었다.

단 한 번의 광역 마법으로 재가 되거나 시꺼멓게 타 죽어 있는 바이큰족의 병사들만 있었다. 그러한 모습을 보면서도 전혀 동요하지 않는 불레타누스 크리커였다.

"크하하하! 나는 서북 대평원의 12족장 중 6족장인 불레타누스 크리커다. 누구냐?"

"북부의 베르누크 아이젠!"

"형님 동생 제이 브레이커!"

"헛! 나이트 킹이다!"

"투마왕까지?"

베르누크와 제이의 대답에 몇몇의 항복한 귀족 중에서 부지불식간에 경악성이 터져 나왔다. 블레타누스 크리커의 인상이 찌푸려졌다. 귀족들의 반응이 마음이 들지 않았기 때문이다.

하나 베르누크와 제이는 자신의 앞을 가로막는 200여의 인물에 별로 관심 없다는 듯이 전상을 살펴보고 있었다.

전장은 이미 혼전으로 치닫고 있었다. 불과 3만 7천여의 기사와 마법사, 그리고 경기병과 궁기병이었지만 거의 20만에 가까운 적들과 대등하게 대적하고 있었다.

아니, 어쩌면 불의의 기습으로 인해 우세를 점하고 있다고 할 수 있었다. 그럴 수밖에 없었다.

그중 가장 돋보이는 자는 역시 레너드였다. 지난 3년 동안 각고의 노력 끝에 오러 블레이드를 만들어낸 레너드였다.

레너드와 그를 따르는 100명의 기사. 레너드가 소드 마스터라면 100명의 기사는 최소 익스퍼트 중급이었다. 익스퍼트 초급만 해도 전장을 호령할 것이나 무려 익스퍼트 중급의 기사들이었다.

그들 앞에서 머릿수는 의미가 없었다. 닥치는 대로 베고 쓸어버렸다.

그들만 있는 것은 아니었다. 바로 에르빈 롬멜 백작과 그를 따르는 100의 기사, 그리고 2천에 이르는 경기병.

또한 전투 마탑을 이끌고 있는 5서클 마스터인 제레미 웹 경과 200의 마법병단, 그들을 보호하는 베르함 헤르메스 경과 100의 기사, 그 뒤를 받치는 1만 5천의 궁기병.

"발사 준비!"

처저적!

발사 준비라는 말에 궁기병은 장궁을 갈무리하고 왼팔을 앞으로 내밀었다. 그들의 팔에는 새롭게 개발된 암 콤포짓 보우가 장착되어 있었다. 5년간의 개발 과정과 1년간의 실험 끝에 실전 배치된 회심의 역작이었다.

"발사!"

피비비빗!

쏴아아아!

적이 거의 50미터 이내의 지근거리에 접근하자 발사 명령이 내려지고 암 콤포짓 보우를 앞으로 내민 상태에서 그대로 전진하는 궁기병이었다.

무섭게 쏟아지는 1만 5천 개의 화살.

하나 그것으로 끝이 나지 않았다. 1차 발사가 끝나고 나서 채 2초도 안 되어 화살이 다시 발사되었다.

그러기를 무려 다섯 번. 궁기병이 가는 곳에는 비명 소리만

울려 퍼질 뿐이었다.

보병이 오지 않아도 될 것 같았다. 그런 베르누크의 태도에 오히려 화가 난 것은 바로 점령군 사령관으로 있는 6족장 불레타누스 크리커였다.

"이, 이놈! 죽어랏!"

그와 함께 움직이는 200의 호위전사. 하지만 호위전사들은 베르누크에게 다가갈 수 없었다. 바로 제이 브레이커와 어느새 다가왔는지 그 옆에 나란히 서 있는 데이브 바티스타 때문이었다.

쿠후후웅!

두 명이 쏘아 보낸 진중한 마나의 파장이 200명을 한꺼번에 억눌러 버렸다.

6족장이 고르고 고른 전사 중의 전사들이 호위전사다. 그런데 그런 이들이 단 두 명에 의해 옴짝달싹도 못하고 있다.

6족장 불레타누스 크리커는 말 옆구리에 있던 또 하나의 만월도를 꺼내 들고 베르누크를 향해 거침없이 쇄도했다. 지금은 오직 한 놈에게만 집중할 때였다.

후우웅! 후우웅!

긴 도명이 토해졌다. 명확한 최상급의 오러 리저넌스였다.

"아깝구나. 나를 만나지 않았다면 5년 내에 마스터가 되었을 것을."

우측으로 축 늘어뜨렸던 베르누크의 할버드가 움직였다.

느릿한 움직임이었지만 6족장은 피하지도 막지도 못했다.

일 합, 단 일 합에 북부의 절반을 단 6개월 만에 점령한 바이큰족의 점령 사령관의 목이 떨어졌다.

"우어어~"

그때 호위대가 움직였다. 200이나 되는 자신들이 단 두 명에게 묶여 있었던 것이 화가 난 것인지 아니면 자신들이 지켜야 할 대상이 적에게 죽었기 때문인지 시뻘게진 눈과 입에 게거품을 물며 달려들었다.

베르누크가 달렸고, 제이와 데이브가 달렸다. 세 명의 거구와 200의 난폭한 전사가 맞부딪쳤다.

하나 결과는 허무했다. 말과 사람이 통째로 하늘을 날았고, 피떡이 되어 대지에 몸을 뉘었다.

그들이 정리되는 것은 순식간이었다. 200명의 난폭한 전사를 불과 20분 만에 정리하고는 베르누크와 제이, 그리고 데이브가 수많은 도검과 창날이 세워진 적진 한가운데를 가로질렀다.

『나이트 킹』 3권에 계속…

老海述海

천애협로

촌부 新무협 판타지 소설
FANTASTIC ORIENTAL HEROES

『우화등선』,『화공도담』의 뒤를 잇는
작가 촌부의 또 하나의 도가 무협!

무림맹주(武林盟主), 아미파(峨嵋派) 장문인(掌門人),
군문제일검(軍門第一劍), 남궁세가(南宮勢家)의 안주인.

그들을 키워낸 어머니-
진무신모(眞武神母) 유월향(柳月香)!

어느 날, 그녀가 실종되는데…….

"하, 할머니는 누구세요?"

무한삼진의 고아, 소랑(少雨)에게 찾아온 기이한 인연.

세상과 함께 호흡을 나눌 수 있다면[天地同息]
천하의 이치를 모두 얻으리라[天下之理得]!

이제, 천하제일인과 그녀가 길러낸
마지막 자손의 이야기가 펼쳐진다!

Book Publishing CHUNGEORAM

유행이 아닌 자유추구
WWW.chungeoram.com